小說家者流蓋出於稗官街談巷
語道聽塗說者之所造也孔子曰雖
小道必有可觀者焉致遠恐泥是
以君子弗為也然亦弗滅也
錄漢書藝文志 丁酉冬 傳華

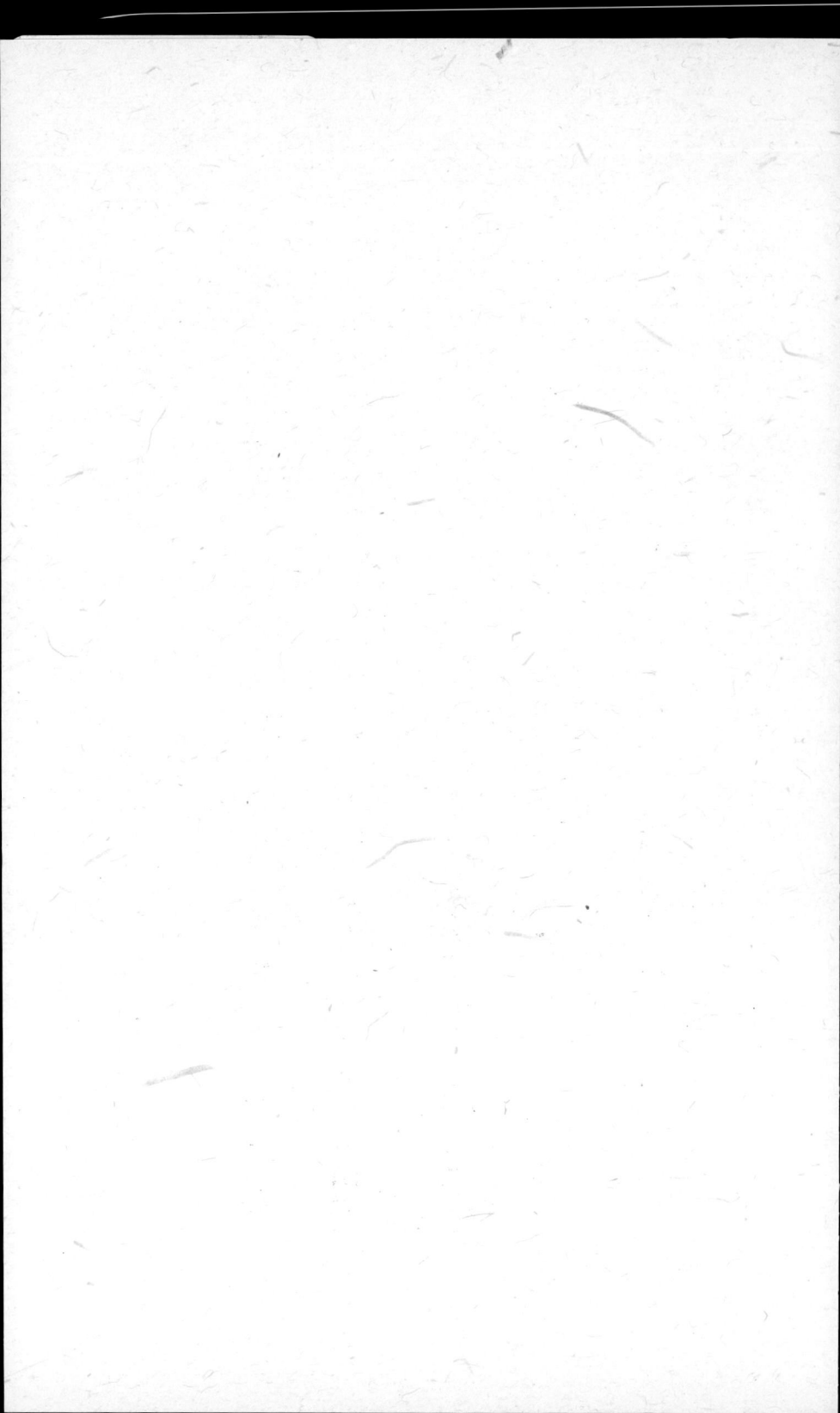

中国印象

丛书主编 程国赋 副主编 江 曙

古代小说与诗词

梁冬丽 著

暨南大学出版社
JINAN UNIVERSITY PRESS

中国·广州

图书在版编目（CIP）数据

古代小说与诗词/梁冬丽著. —广州：暨南大学出版社，2018.1
（小说中国）
ISBN 978 - 7 - 5668 - 2091 - 4

Ⅰ.①古… Ⅱ.①梁… Ⅲ.①古典小说—小说研究—中国
②古典诗歌—诗歌研究—中国 Ⅳ.①I207.41②I207.22

中国版本图书馆 CIP 数据核字（2017）第 070145 号

古代小说与诗词
GUDAI XIAOSHUO YU SHICI
著　者：梁冬丽

出 版 人：徐义雄
策划编辑：杜小陆
责任编辑：陈绪泉
责任校对：李林达
责任印制：汤慧君　周一丹

出版发行：暨南大学出版社（510630）
电　　话：总编室（8620）85221601
　　　　　营销部（8620）85225284　85228291　85228292（邮购）
传　　真：（8620）85221583（办公室）　85223774（营销部）
网　　址：http://www.jnupress.com
排　　版：广州良弓广告有限公司
印　　刷：佛山市浩文彩色印刷有限公司
开　　本：850mm×1168mm　1/32
印　　张：6.75
字　　数：138 千
版　　次：2018 年 1 月第 1 版
印　　次：2018 年 1 月第 1 次
定　　价：29.80 元

总　序

　　本丛书系统研究中国古代小说与中国文化的关系，是一种普及性文化读本，融学术性、知识性、趣味性和通俗性为一体。其主要针对的是具有高中及以上学历的国内读者和海外中华文化爱好者。

　　本丛书的作者，既有年富力强的中年学人，也有年方而立的勤勉后学。他们的著作或为国家哲学社会科学基金项目、教育部社会科学规划项目、省级社会科学规划项目的研究成果，或是各自的博士学位论文，都是作者致力数年的研究成果，反映了近年来的学术新视角和新观点。

　　本丛书尤其重视文献学、文艺学与中国古代小说的综合研究，强调文本细读，有意识地在文化学的视野中探讨中国古代小说，多维度地研究其与中国文化的关系。丛书内容较为丰富，主要有以下六方面：

　　第一，古代小说作品细读与赏析。梁冬丽教授的《古代小说与诗词》讲述了古代小说与诗词的密切关系。中国古代小说引入大量诗、词、曲、赋、偶句、俗语、谚语等韵文、韵语，其独特的"有诗为证"体系对小说创作的开展及其艺术效果的提升起到重要的作用。该书主要由五部分内容构成：古代小说引入诗词的过程、古代小说创作与诗词的运用、诗词在古代小说中的功用、古代小说运用诗词创作的经典案例和古代小说引入诗词对后世小说创作的影响。杨剑兵副教授的《古代小说与爱情》，将古代小说中的爱情故事分为四类，即平民男女类、才子佳人类、帝王后妃类、凡人仙鬼类，再从每类爱情故事中精选四篇代表作品进行评析。吴肖丹博士的《古代小说与女性》，探讨中国古代小说与女性之间的关系，主要通过古代小说中关于女性的生动故事，结合社会生活史，让读者了解两千多年来女性在社会中扮演的角色和社会地位的变化过程。杨骥博士的《古代小说与饮食》，以古代小说文化为纲，中国饮食文化为目，通过特定的饮食专题形式写作，为读者展现中国古代小说的文化内涵。该书以散文笔调为主，笔触闲适轻松，语言风趣，信息量大，兼具通俗性和学术性。

第二，古代小说与制度文化。胡海义副教授的《古代小说与科举》，探讨中国古代小说与科举文化的密切关系，从精彩有趣的小说中管窥科举文化的博大精深。该书既有士子苦读、应试、考官阅卷、举行庆贺等精彩纷呈的科举场景，也有从作者、题材、艺术与传播等方面分析科举文化对古代小说的促进作用的理论阐述。

第三，古代小说与民俗、地域文化。鬼神精怪与术数、法术是信仰民俗的重要组成部分，也是古代小说的重要母题，因此杨宗红教授的《古代小说与民俗》主要分为四部分：神怪篇、鬼魂篇、术数篇和法术篇。神怪篇介绍了五通神、猴精与猪精、狐狸精、银精，指出鬼神敬畏正直凡人；鬼魂篇介绍了灵魂附体、荒野遇鬼、地狱与离魂的故事；术数篇介绍了相术、签占、八字、扶乩、灾祥、谶纬、风水术，分析了这些术数对个人、家庭及国家大事的影响；法术篇重点介绍符咒、祈晴、祈雨、神行术与变形术。江曙博士的《古代小说与方言》，以方言小说为研究中心，论述方言与中国古代小说的关系。该书以方言对小说的影响、方言小说的编译和近代以来方言与普通话之间的论争等为论述重点，以北方方言、吴方言和粤方言为主要方言研究区域，兼涉闽方言、赣方言和湘方言，探讨诸如苏白对清代狭邪小说人物塑造的影响、以俞曲园将《三侠五义》改编为《七侠五义》为例论述从说唱本到文人小说的改编等。

第四，古代小说与宗教关系。受佛教、道教思想影响，中国古代小说中涌现出千姿百态的神仙形象，何亮副教授的《古代小说与神仙》以此为突破口，追溯神仙思想产生的文化根源，探讨了中国古代小说中神仙信仰的文化内涵。叶菁博士的《古代小说与道教》，从道教文化与小说的视角出发，探讨道教思想、人物、仙境及道教母题对中国古代小说的影响。该书内容丰富，笔调生动有趣，可作为研究道教文化与古代小说的入门读物。

第五，古代小说的域外传播。李奎副教授的《古代小说与东南亚》主要论述中国小说在越南、泰国、印度尼西亚等国的传播及其影响。中国古代小说在新加坡、马来西亚、泰国主要以报纸作为载体传播，传播主体是华侨华人。中国古代小说传入越南的时间较早，对越南的小说和诗歌发展影响较大。中国古典小说在印度尼西亚最受欢迎的当属《三国演义》，出现许多翻译本和改编本。

第六，古代小说与心理学综合研究。周彩虹博士的《古代小说与梦》以中国古代小说中的梦类故事或情节为研究对象，运用的理论和方法既有本国的梦理论，又引入荣格学派的相关理论，尝试以中西结合的视野对这一传统题材进行深入浅出、生动有趣的解读，如以生命哲思为主题，结合梦的预测功能，介绍中国古代的释梦观念和释梦方法，并对《庄子》《红楼梦》等作品中的相关情节进行分析；以教化之梦为主题，结合阴影理论，解析《搜神记》、"三言二拍"、《聊斋志异》等相关作品。

本丛书有别于一般的学术性著作，不是简单地将学术著作以通俗语言表达，而是运用新的思维方式和写作方法，是一种有益的尝试，希望也是一种有益的实践。恳请读者朋友批评指正，提出宝贵的意见和建议。

程国赋

2017 年 10 月 10 日

前　言

中国古代小说喜欢引入诗歌，以描写、议论或抒情，所以宋人赵彦卫在《云麓漫钞》中说："唐传奇文备众体，可以见史才、诗笔、议论。"孙楷第先生认为《剪灯新话》等明代传奇"皆演以文言，多羼入诗词。其甚者连篇累牍，触目皆是，几若以诗为骨干，而第以散文联络之者"。有关古代叙事类作品引入抒情诗词的论述较多。在实际创作中，宋元话本小说及明清章回小说兴盛之后，便形成了"有诗为证"的体制，其"诗"的特征非常明显。

上古歌谣之后，以《诗经》为代表的北方诗歌开始产生、流行；同时，以史传散文和诸子散文为代表的叙事文学兴盛，接着，代表南方诗歌特色的"楚辞"流行。有韵的诗歌与无韵的散文同时兴盛，又互相渗透、相得益彰。现存下来的史传作品如《左传》《战国策》《史记》《汉书》等均引入了诗歌，《孟子》《庄子》《韩非子》等也引入了诗歌。刚开始的时候，史传与诸子散文只是偶然引用诗歌，或者是作为记录史上之人事时的必然产物，如给刘邦作传时记载了《大风歌》，为项羽作传时记载了《垓下歌》，给荆轲作传时记载了《易水歌》。后来这种偶然记载变成有意识的诗歌引入，当是进入了小说兴盛时代，小说为了突出人物的性格、身份等，特别是表现才子与佳人的才情时，不得不设置他们能吟诗作赋的情节，引入诗歌就成了一种行之有效的手段。再后来，有些长期从事小说创作或以小说编创出版为职业谋生手段的从业者，就琢磨出了一整套诗词引入的套路，这应该是借鉴了史传以序例说明创作缘由以及以论赞评价历史人物事件的做法。如《列女传》，传说为西汉著名经学家、目录学家刘向所整理，全书共分七卷，共记叙了105名妇女的故事。《列女传》于每则故事后均引四言八句的颂总结、评价烈女的事迹行为及道德指向，如卷一《母仪传》之《有虞二妃》的末尾为："元始二妃，帝尧之女。嫔列有虞，承舜于下。以尊事卑，终能劳苦。瞽叟和宁，卒享福祜。"前四句复述、总结二妃的事迹，第五、六句表扬其道德上的贡献："以尊事卑，终能劳苦。"最后两句表达了作者或评价者的愿望："瞽叟和宁，卒享福祜。"久而久之，通俗小说作者也在创作经验的完善之下，于篇前、回末固定的位置引入诗歌，让其承担同样功能，体制性诗词程式便建立起来了。这是叙事散文引诗通俗化的结果。

按理，诗歌的传统是抒情，可是诗歌也有描写或议论的功能，如汉乐府对人物外貌与行为的铺叙，谢灵运诗歌对山水的描写，玄言诗对哲理的阐释，白居易新乐府"卒章以显其志"创作理论的提出及创作实践，还有宋诗"以才学为诗""以议论为诗"的创作倾向，使诗歌除了具有抒情为主导功能的同时，也兼具了描写与议论的作用。通俗小说在成功地引入诗歌进行人物描写、景物描写与场景描写的同时，也借助人物作诗吟赋的方式抒发情感，虽然人物情感与小说作者情感有时候融为一体，但是抒情的手段与功能却不变。中国古代通俗小说自觉承担了"适俗""导愚"或"醒心"的责任，要表明惩恶扬善的态度，就得发表议论，

文生、武生图（蒙小玉）

除了散文文字的讲说、劝诫之外，还不时借助诗歌对小说之人、事、物进行评判。这是诗骚精神下移的结果。

　　民间说书是一门口耳相传的手艺，师徒传授方式总结了　整套讲说套路，以便于记诵、现场操作，学徒必须接受的一项严格训练便是使用简便的手册，背诵分门别类的诗歌，以便讲说时"曰得词，念得诗"，能够利用三寸之舌"秤评天下浅和深"。实际上，在口头艺术界里，描写人物外貌被称为"开脸"，包括面貌、穿着打扮与外在特征。有泛指，如文生赋、武生赋；有具体某个人的开脸。一般来说，开脸的顺序是：头上戴、身上穿、腰间围、足下蹬，因为这样的顺序既能使人物相貌清晰，又有类似程序化的脉络，便于记忆。这种程式在话本案头化的过程中，被通俗小说的编创者加工、整理，于是我们就看到了"三言""二

拍"这样成熟的"有诗为证"范本。

俗讲为了吸引听众，也形成了一整套的讲说程式。在敦煌变文中，这种散韵结合的套式也成熟起来，无论是讲说佛经真义、佛家人物故事或历史时事人物，都喜欢运用散韵结合的体制。篇首与篇尾诗歌的使用、描写人物与环境诗歌体式的建立、议论与抒情诗歌运用的成熟，都为通俗小说"有诗为证"案头化、程式化的建立提供了成熟的范式。这样一来，通俗小说引入诗词的体制便在史传、诗歌、通俗文学自身的演变等因素的共同作用下建立了自己独特的民族化体式。

"有诗为证"的形式。"有诗为证"程式化的最大表现就是出现了体制性诗词与情节型诗词。体制性诗词如话本小说篇首诗、篇尾诗与人物事件评议诗，均是小说体裁特点的外在形态。如果没有这些体征，其文体的存在就失去意义了。即话本小说没有了这些"毫无意义""可有可无"的诗词之后，就不再成为话本小说了，会变成另外一种性质的文学样式。情节型诗词是作者组织故事情节、推进叙述单元的有机成分，当然不可或缺。程式性、体制性是通俗小说"有诗为证"形式的最基本表现。内引与外引结合是通俗小说"有诗为证"形式的一种情态。韵文的诗词与散文的叙述相关联、渗透、交叉是通俗小说"有诗为证"形式的配合模式。诗词与散文之间的关系：疏离，甚至有的可以独立抽离。"诗（词）曰＋诗词"是通俗小说"有诗为证"形式的文本特征与结构模式，其中诗词可以孤行直起。

"有诗为证"的实质。中国古代通俗小说"有诗为证"的实质就是诗骚精神对中国古代通俗小说的渗透，是文人诗骚精神在通俗小说的转化、衍生。

《诗经》开创了抒情言志的传统，"风雅"便成为审美取向；《楚辞》的香草美人式情感表达方式开创了以楚地民风为主的骚体风格，从此"风骚""诗骚"便成为中国文学最主要的审美追求与艺术取向。汉代乐府诗、文人五言诗"感于哀乐，缘事而发"的魅力至今不减，魏晋南北朝诗追求"诗缘情而绮靡"的艺术精神长存，经历了盛唐诗歌"气来""神来""情来"的辉煌，达到宋元词曲或婉媚或豪放或泼辣的创作高峰，诗的创作并没有从此减少，精益求精的诗艺技巧探索热情并未减退，诗的精神依然随处闪耀，诗话这种著作方式开始盛行，文人们热情地探寻诗本事，解释诗歌背后的创作背景与情形，更加激发了人们对诗的仰慕。到了明清时期，诗歌、词曲的数量更加难以计数，质量不容置疑。中国古代文学是诗的天下，诗掌控了中国古代文学的脉柄。创作赋，有"骚体"，诗之精神在闪光；创作散文，以诗入散文，讲求对仗、对偶或骈散结合，诗的灵魂在闪光；"以散文入诗"的韩愈，受到了批判，因其破坏了诗的句式，减弱了诗的蕴藉含蓄之质；以诗入词，依然强调的是诗的本质，要尊体，破体是要受到批判的；以议论为诗、词、曲，更加要遭受批判，因为诗的本质精神是抒情。一些夹叙夹议的诗歌虽然受到过关注，但是纯粹只是抱着新奇的态度欣赏而已，好评之后却是摒弃。诗歌不能纯粹描写，否则就会受到诟病，如谢灵运的山水描摹也受到非议，因为描写也不是诗的本质。

中国文学的本质是诗，诗的本质是抒情，体现的是文人的高雅情趣。

通俗小说兴起于宋元，盛行于明清。以今之学术视角去分析，它是俗的、叙事的。然而，它却喜欢议论，不时抒情。议论也好，抒情也好，竟然都喜欢引用诗歌，通过诗歌实现其叙事之外还有评价、抒情的功能。一方面，有人认为这是高攀诗歌以提高身价的表现；另一方面，有人认为这是改造诗歌，使诗歌趋向适俗化的行径。总之，它以适俗的叙事精神，赢得了市井百姓的欢心；又以高雅的诗骚情调，赢得了文人的赞赏。文人参与了曾经鄙视过的小说创作，进一步提高了小说的品位，才学小说大量涌现，才学涌现的表现方式之一即是大量引入诗歌，同时营造浓郁的诗的意境。这时候，中国古代通俗小说"有诗为证"实质的首要表现即是引入大量诗歌，让通俗的、叙事的小说成了诗的载体；次要的表现即是部分小说环境的描写具有很浓郁的诗意，诗的意境也是诗骚精神涌现的一种途径。

不久之后，小说界革命兴起，中国古代通俗小说"有诗为证"的实质没有改变，但是表现形式却发生了较大的变化：引入大量诗歌的做法改变了，却让诗意化的意境得到了发扬，甚至出现了诗化小说。小说诗化，诗骚精神以此形态得到提升，中国古代通俗小说由此实现了现代转型。

目　录

导　论

如果叫大家念"四书五经"，估计大家会顿时肃然起敬，却又远之。如果请大家一起来读古代通俗小说，想必大家都会松了一口气，顿时心花怒放。这就是小说与"四书五经"的区别，小说通俗易懂，士大夫尤好之，而"四书五经"严肃深奥，哪怕是士大夫亦畏之。

每当谈论起中国古代小说，估计刘、关、张与贾宝玉、孙悟空、武松这样的人物马上就涌现在你的脑海中，甚至你还会眉飞色舞地与人谈论这些人物的事迹，评判这些人物的是非功过。可是，你知道中国古代小说是怎样塑造人物形象与评判是非的吗？

有人很快就想到了那种"有诗为证"的传统套式。所谓"有诗为证"就是指古代小说，特别是通俗小说在创作过程中穿插诗词韵文的这一做法。大概是作者将人物故事讲述之后，通过诗词来进一步加以解释、说明、概括等，这是中国古代小说重要的文体特征，也是中国古代小说史上最重要的文学现象。

这种套式既可以描写人物外貌、身份、性格、心理等，也可以评论人物的是非善恶，还可以描写场景，展现人物才情，甚至可以作为固定的体制性诗词，如话本小说的篇首诗与入话诗。止如我们阅读《红楼梦》的时候，完全无法忘记那几首描写贾宝玉、林黛玉与薛宝钗的诗词："无故寻愁觅恨，有时似傻如狂。纵然生得好皮囊，腹内原来草莽。　　潦倒不通世务，愚顽怕读文章。行为偏僻性乖张，那管世人诽谤！""富贵不知乐业，贫穷难耐凄凉。可怜辜负好韶光，于国于家无望。　　天下无能第一，古今不肖无双。寄言纨绔与膏粱，莫效此儿形状！""可叹停机德，堪怜咏絮才。玉带林中挂，金簪雪里埋。""都道是金玉良姻，俺只念木石前盟。空对着，山中高士晶莹雪；终不忘，世外仙姝寂寞林。叹人间，美中不足今方信。纵然是齐眉举案，到底意难平。"甚至每当看到小说写这些人物时，我们都会不自觉地想到这几首诗词，观察人物言行，体味诗词所作的描写与评价是否一致。

大致说来，本书所讨论的小说诗词，是指在古代小说中以诗、词、曲、赋、偶句、俗语等形态出现的韵文韵语，简称小说诗词。虽然这些诗词具有独立文体的诗词的形态，但其性质特点已经有所不同。林辰先生的观点就说得非常明白："小说诗词毕竟不同于文人诗词。小说诗词是作为小说创作的一种工具被引进小说中来的——所以，小说诗词虽然还保存着诗词曲赋的外形，却已经是小说的一个组成部分了；成为小说的一种表现手段，成为小说的一种艺术技法了。"（林辰、钟离叔：《古代小说与诗词》，辽宁教育出版社1992年版）古代小说诗词是从属性的、描述用的、俗化了的诗词，与传统的文人诗词有一定的联系，也有相当大的差别。

一　古代小说与诗词的历史关系

中国古代小说由吸取神话传说、史传、诗话、说话技艺等艺术精髓转化、发展、演变而来，又形成自身独立之一体，渐渐发扬光大。在漫长的文学发展历程中，从史传偶尔引入诗词，到人物传记使用序例与颂赞，汉赋使用序，魏晋玄言诗使用玄言的尾巴谈玄理，白居易使用"卒章显其志"的艺术手法，以及唐传奇、唐五代变文、元曲的题目正名等艺术形态，均对古代小说创作及其诗词的引入有较大影响。

（一）断章取义从历史到小说

中国古代小说脱胎于史传，残存着史传的某些特征，如以"记""传"字命名纪传体小说，喜欢在开篇点明朝代，籍贯、人物出身等，结尾有"××曰"等语评论或标明遗迹，或点明创作缘由，或以此证明事实。如《莺莺传》以"传"为题，文章前面有文字介绍朝代、人物出身、性情及品格等：

> 贞元中，有张生者，性温茂，美风容，内秉坚孤，非礼不可入。或朋从游宴，扰杂其间，他人皆汹汹拳拳，若将不及，张生容顺而已，终不能乱。以是年二十三未尝近女色。

这里以几句话介绍了唐代贞元时张生的性情，说明了他为什么在二十三岁这样大的年纪还没有亲近过女色的原因。结尾的时候也有话语点明创作起因：

> 贞元岁九月，执事李公垂宿于予靖安里第，语及于是。公垂卓然称异，遂为《莺莺歌》以传之。崔氏小名莺莺，公垂以命篇。

作者说这是贞元年九月听在家住宿的李公垂所说的故事，且李公垂认为这件事非常奇"异"，因此作了一首《莺莺歌》来记述，以"莺莺"为名，是因为小说的主公人叫"莺莺"。这与《史记》之"太史公曰"一脉相承。

史传作品引入诗词的传统源于孔子的诗歌思想："诗，可以兴，可以观，可以群，可以怨。迩之事父，远之事君。多识于鸟兽草木之名。"（《论语·阳货》）诗有交往的功能，两国相交的时候，赋诗是重要的礼仪活动。《左传·襄公二十九年》讲述了外交场合中赋《诗》的盛大场面，其他地方也多见引用《诗经》的例子。《尚书·皋陶谟》记载了赋"诗"的场景，这些诗歌多为上古歌谣。像《左传》《国语》《战国策》等史传和《论语》《孟子》《庄子》《荀子》《韩非子》这样的诸子散文多引用、赋诵的是《诗经》之句，很少引用原诗、全诗。

有时候为了迎合场合，还不惜曲解、肢解原诗，所以有"断章取义"成语的出现。《左传·襄公二十八年》有云："赋诗断章，余取所求焉。"断，截断；章，音乐一曲为一章。原指只截取《诗经》中的某一篇章的诗句来表达自己的意见，而不顾及所引诗篇的原意；或指不顾全篇文章的内容主旨何在，只孤立地取其中的一段或一句的意思。后来比喻征引别人的文章、言论时，只取与自己意见相合的部分。这就是子史之书引入诗词的最早表现，"断章取义"既表明引入的方式，也表明引入的效果与目的。

相信大家对《史记》引入诗歌最有印象的是引入了大量楚歌或童谣。特别是具有鲜明的时代与地域特色的南方楚地的骚体诗歌或民歌。最著名的是刘邦所唱《大风歌》：

> 大风起兮云飞扬，威加海内兮归故乡，安得猛士兮守四方！

这是刘邦平黥布还朝的路上，经过故乡沛县，召集故人饮酒时唱的曲子。这三句诗歌说的是因为时势风起云涌，我刘邦才能"威加海内"，即统治全国，如今我虽荣归故里，可是，哪里有猛士能帮我安守四方、使其稳固呢？按理，荣归故里、一统天下的

刘邦舞剑图（蒙小玉）

刘邦应该意气飞扬才对，但这首楚歌却饱蕴着悲音，让人产生英雄虽豪情万丈却孤独寂寞的感触：因为没有兼具勇武谋略又信得过的人帮助他，协助他守江山，因此忧虑不止。这首歌表达的是胜利者的悲音，所以《史记》写道，唱完这首歌后他"慷慨伤怀，泣数行下"。再结合历史看，吕后的所作所为对刘邦帝位或刘家宗族一统天下造成了巨大威胁，刘邦应当是非常无奈的，歌中渗透悲音也就不足为怪。皇帝们的悲伤，只有他们自己知道，所以汉元帝感叹："虽然似昭君般成败都皆有，谁似这做天子的官差不自由！"（元代马致远杂剧《汉宫秋》第二折）这天子也不是好当的！还有项羽唱的《垓下歌》：

力拔山兮气盖世，时不利兮骓不逝。骓不逝兮可奈何？虞兮虞兮奈若何！

项羽慷慨悲歌为的是何人何事，大家都非常清楚，兵败之际，最无法割舍的虞姬还在身边，他不禁拍剑而歌"时不利兮"与"虞兮虞兮"，英雄末路的情形如在眼前，扼腕同情以外，完全无能为力。与刘邦的《大风歌》相反，这是一首典型的失败英雄的悲歌。史学作品增添上这两首诗歌之后，历史人物的形象就更加鲜明生动起来，成为后来众多小说、散文、诗歌、影视作品模仿的原型，大家在评价后世作品的优劣与成败时，往往将之与历史作品中所塑造的形象对照，以显示其艺术水平。可见《史记》中刘邦与项羽的形象，特别是人物歌唱诗歌的现场氛围，是文学创作的典范。

项羽虞姬诀别图（蒙小玉）

又如荆轲歌《易水歌》：

风萧萧兮易水寒，壮士一去兮不复还！

　　大家都非常熟悉史书文字记载当时众人听了荆轲歌后的情形："士皆瞋目，发尽上指冠。"这就是"复为羽声忼慨"、"怒发冲冠"典故的出处。这歌使义无反顾、视死如归的英雄形象跃然纸上，所以，南宋张戒在《岁寒堂诗话》中说："能写出天地愁惨之状，极壮士赴死如归之情。"

　　不难发现，这三首歌均带有"兮"字，有伴奏，可以歌唱，而且合舞，与上古时期的歌、乐、舞一体传统相符，其他地方引入的《安世房中歌》《郊祀歌》以及戚夫人"楚歌"等也体现了这样的特征，渲染了或悲壮、或悲凉的感情基调，与缠绵悱恻的楚歌审美艺术传统相符。

　　史书引入这几首楚歌，对塑造人物形象与营造氛围起到了很好的艺术效果。但史书引入诗歌毕竟只是偶尔为之。其实最早引入整首诗词以抒发情感的是西周末年的野史《穆天子传》：

　　　　西王母为天子谣曰："白云在天，山陵自出。道里悠远，山川间之。将子无死，尚能复来。"天子答之曰："予归东土，和治诸夏。万民平均，吾顾见汝。比及三年，将复而野。"西王母又为天子吟曰："徂彼西土，爰居其野。虎豹为群，於鹊与处。嘉命不迁，我惟帝女。彼何世民，又将去子。吹笙鼓簧，中心翔翔。世民之子，唯天之望。"天子遂驱升于弇山，乃纪名迹于弇山之石，而树之槐。（《穆天子传》卷三）

西王母诗的意思是：白云本来就在天上，山陵自然就存在，因而他们的相会被遥远的山川、道路阻隔，但是西王母希望后会有期，假如穆天子尚在世，一定要再来相会。穆天子诗对西王母的期待作了回答：我回去之后，要治理百姓，等到百姓安宁之后，大约三年的时间，我一定会再来这里与你相见。西王母再为穆天子吟的诗，大概是祝愿穆天子一切顺利，能够安邦治民，繁荣昌盛，以期再会。以诗传情的手法在野史中正式登场了，代表这种征引整首诗歌并且互相酬答的形式便出现了，虽然其在先秦两汉时期的子史之书中还很少见，却开了唐传奇、才子佳人小说中人物诗词往来唱和的先河。此前所有史书引入的诗歌有的只有诗句，有的只有短小的歌谣，到了这里终于有了完整的诗歌。

这里不禁要问了，史书引入的诗歌当中有长的吗？最长的诗歌有多长？最长的诗歌应该是近于小说的野史《吴越春秋》引入的楚歌：

仰飞鸟兮乌鸢，凌玄虚兮翩翩。集洲渚兮优恣，啄虾矫翮兮云间，任厥□兮往还。妾无罪兮负地，有何辜兮谴天？帆帆独兮西往，孰知返兮何年？心惙惙兮若割，泪泫泫兮双悬。

彼飞鸟兮鸢乌，已回翔兮翕苏。心在专兮素虾，何居食兮江湖？徊复翔兮游颿，去复返兮於乎！始事君兮去家，终我命兮君都。中年过兮何幸，离我国兮去吴。妻衣褐兮为

婢，夫去冕兮为奴。岁遥遥兮难极，冤悲痛兮心恻。肠千结
兮服膺，於乎哀兮忘食。愿我身兮如鸟，身翱翔兮矫翼。去
我国兮心摇，情愤惋兮谁识？（《勾践入臣外传》）

这首诗歌带"兮"字，属于楚歌风格，第一段歌长66字，
第二段歌长120字，可能是两汉时代子史之书引入歌谣中最长
的。第一段被"列国志"系列小说引入，不过文字有了些微改
变，由此更可以看见小说与历史之间的差距并不远。因为除了引
用这首诗外，小说对勾践夫人的表情、动作描写都与史书描写非
常相似。史书是这样描写勾践被迫到吴国受质的情形：临行时，
大臣相送，只有互相默默流泪，无声的伤感更添悲情。越王登船
径直离去，始终不回头看，慷慨之情立现。可是越王夫人"据船
哭。顾乌鹊啄江渚之虾，飞去复来，因哭而歌之，曰……"，唱
出了上引长篇楚歌。这段文字几乎被《东周列国志》稍作修改就
引入，越王"遂登船径去。送者皆哭拜于江岸下，越王终不返
顾"，此处与史书相比，多引了一首七绝阐明历史轮回的观点。
接着写道："越夫人乃据舷而哭，见乌鹊啄江渚之虾，飞去复来，
意甚闲适，因哭而歌之，曰……"仅多了"意甚闲适"一语，这
一语将乌鹊无知无情与人之有感多情相比对，更显人世间的悲
哀，伤怀的程度更深。由此可见，野史的引诗比正史更接近于小
说，小说取材野史，稍作文字改变和文体修饰，就可敷衍成文。
这就是古代小说引入诗词与史传关系的实证。

（二）英雄美女从诗词入小说

《诗经》留给后人最大的财富就是开创了"风雅"的诗歌创作风气，"风"是《国风》，本指地方音乐，"雅"是《大雅》《小雅》，本指朝廷正乐，"风雅"二字合起来，泛指诗文作得好。后来又与《离骚》合称"骚雅"，均可指诗文创作才能高，或者指优秀的诗歌传统或风格。所以创作水平高，而且情感内敛的诗歌，就被称为风雅之作。

古代小说数量最多的是通俗小说，小说的"通俗"与诗歌的"风雅"是相对的。"通俗"是指"通于俗人"，或者"使俗人通晓"的意思，要通于俗人或使俗人通晓，最基本的是文字浅显，风格平易。要风雅，作品须得含蓄；要通俗，作品须得铺饰。诗歌要含蓄，必定在文字与情感方面都有所节制，不能尽兴抛出；小说要铺饰，赋在小说中便吃香起来。

相信大家心目中的罗敷与花木兰形象都非常鲜明、亮丽，那是因为有诗歌《陌上桑》《木兰辞》的刻画，诗歌中最鲜明的手法就是采用了"赋"来铺陈她们美丽的外貌，还有娴熟的言辞之巧，以及或纯洁或勇敢的心灵。除了汉魏乐府多塑造美女形象外，像《神女赋》《洛神赋》等作品，唐五代民间词也有一些经典的用"赋"手法描写女性的作品，如《敦煌曲子词集》里有一首《内家娇》：

两眼如刀，浑身似玉，风流第一佳人。及时衣着，梳头京样，素质艳丽情春。善别宫商，能调丝竹，歌令尖新。任从说洛浦阳台，谩将比并无因。　　半含娇态，逶迤换步出闺门。搔头重慵憾不插，只把同心千遍捻弄。来往中庭，应是降王母仙宫，凡间略现容真。

藻饰性是这首词的特点，与赋相通。无论是对女性外貌、衣着、打扮、体态的描写，还是铺叙手法、铺排顺序与气势，都为后世通俗小说描写人物外貌形成一定节奏、定式。《敦煌曲子词集》里又录有《南歌子》一首：

翠柳眉间绿，桃花脸上红，薄罗衫子掩酥胸。一段风流难比，像白莲出水……

从女性的眉间、脸颊开始，再写女性装扮，展现女性风流体态，对偶式词句突出，与上引《内家娇》同，均为通俗小说描写外貌套语的赋赞之形成以及广泛使用奠定了基础。这样的美人赋在通俗小说中比比皆是，如《西游记》第二十三回由观音幻化的三位美女：

一个个蛾眉横翠，粉面生春。妖娆倾国色，窈窕动人心。花钿显现多娇态，绣带飘飘迥绝尘。半含笑处樱桃绽，

缓步行时兰麝喷。满头珠翠，颤巍巍无数宝钗簪；遍体幽
香，娇滴滴有花金缕细。说什么楚娃美貌，西子娇容？真个
是九天仙女从天降，月里嫦娥出广寒！

前两句"横""生"二字写出了脸上的动感之态，"妖娆"
与"窈窕"用叠韵词对偶，"倾""动"互见，进一步概写其态
之迷人。接下来的四句以七言对偶的方式，动作与神态结合，突
出其集香艳、娇媚于一身的情态。再接下来的四句以四六式为
联，突出其装饰、衣着的诱人之处。接下来的两句，以"说什
么"引起，以"楚娃美貌"和"西子娇容"相对，在对比中显
其好处。最后两句，以"真个是"三字引领，"九天仙女从天降，
月里嫦娥出广寒"相对，以见其美。又如汇辑了宋元小说家话本
精华的《清平山堂话本》中以写柳永出名的那篇《柳耆卿诗酒玩
江楼记》，曾这样描写月仙美貌：

云鬟轻梳蝉翼，蛾眉巧画春山。朱唇注一颗天桃，皓齿
排两行碎玉。花生媚脸，冰剪明眸；意态妖娆，精神艳冶。
岂特余杭之绝色，尤胜都下之名花。

神态、装扮的突出，对偶、比喻、比拟、对比等手法的运
用，形容其容貌之美到极致。还有《清平山堂话本·西湖三塔
记》中的蛇精美貌：

　　绿云堆发，白雪凝肤。眼横秋水之波，眉插春山之黛。桃萼淡妆红脸，樱珠轻点绛唇。步鞋衬小小金莲，玉指露纤纤春笋。

　　头发、皮肤相映照，以颜色见其年轻；眼、眉相映照，以山水尽其色；脸、唇相见，以桃樱尽其色。金莲、春笋以形其手之美。全赋用对偶，语言句式非常齐整，其艺术水平与审美效果均佳。诗词描摹的美人被通俗小说引进，并发扬光大，既形象地描绘了美人的体态，又减轻了散文描写的负担，还继承了诗歌审美传统，使读者的审美取向有一贯性。英雄刻画即男性描写也一样。不过稍感奇怪的是，诗词多描写的是儒雅的英雄——才子，武夫的形象则较少，像曹植的《白马篇》这样的名篇不多：

　　白马饰金羁，连翩西北驰。借问谁家子，幽并游侠儿。
　　少小去乡邑，扬声沙漠垂。宿昔秉良弓，楛矢何参差。
　　控弦破左的，右发摧月支。仰手接飞猱，俯身散马蹄。
　　狡捷过猴猿，勇剽若豹螭。边城多警急，虏骑数迁移。
　　羽檄从北来，厉马登高堤。长驱蹈匈奴，左顾凌鲜卑。
　　弃身锋刃端，性命安可怀？父母且不顾，何言子与妻！
　　名编壮士籍，不得中顾私。捐躯赴国难，视死忽如归！

　　这首诗从白马少年的坐骑开始引入人物，并且通过借问的方式一问一答，道出其游侠儿的身份，再从他的骑射动作"破""摧""接""散"等连贯形容其"过猴猿""若豹螭"的勇猛姿态。这游侠儿不但勇猛，还有急国家之难的豪情，以流贯的语调铺写其"长驱蹈匈奴，左顾凌鲜卑。弃身锋刃端，性命安可怀"这一视死如归的英雄气概。以这种铺排的方式描写英雄豪情，启发了不少后世作者。又如苏轼那首著名的《念奴娇·赤壁怀古》：

> 大江东去，浪淘尽，千古风流人物。故垒西边，人道是，三国周郎赤壁。乱石穿空，惊涛拍岸，卷起千堆雪。江山如画，一时多少豪杰。　　遥想公瑾当年，小乔初嫁了，雄姿英发，羽扇纶巾。谈笑间，樯橹灰飞烟灭。故国神游，多情应笑我，早生华发。人生如梦，一尊还酹江月。

周瑜（公瑾）"羽扇纶巾"的形象光耀后世，让吟诵者热血沸腾，"捐躯赴国难，视死忽如归"又令其英雄气顿生，不禁让人马上想到了《三国演义》的开篇词："滚滚长江东

白马游侠图（蒙小玉）

逝水，浪花淘尽英雄。是非成败转头空。青山依旧在，几度夕阳红。 白发渔樵江渚上，惯看秋月春风。一壶浊酒喜相逢。古今多少事，都付笑谈中。"这些英雄词往往渗透着历史兴亡之感。

就在英雄传奇小说兴盛的背景下，小说中出现了大量描写英雄体貌的词赋。如《水浒传》第二十三回写武松样貌，其文为：

> 身躯凛凛，相貌堂堂。一双眼光射寒星，两弯眉浑如刷漆。胸脯横阔，有万夫难敌之威风；语话轩昂，吐千丈凌云之志气。心雄胆大，似撼天狮子下云端；骨健筋强，如摇地貔貅临座上。如同天上降魔主，真是人间太岁神。

通过身体相貌的描写，英雄之气在四六句式相对的铺陈中凸显。除了这样的武夫词外，还有其他的才子词、道童词，如《水浒传》第一回写洪太尉看见一个道童：

> 头绾两枚丫髻，身穿一领青衣；腰间绦结草来编，脚下芒鞋麻间隔。明眸皓齿，飘飘并不染尘埃；绿鬓朱颜，耿耿全然无俗态。

从头绾、身穿至腰间绦、脚下踏，都是道童的装扮。"并不染尘埃""全然无俗态"可见道童的身份特点。明末冯梦龙的《醒世恒言》之《陈多寿生死夫妻》有一段描写少年文人美貌的赋：

面如傅粉，唇若涂朱，光着靛一般的青头，露着玉一样的嫩手。仪容清雅，步履端详。却疑天上仙童，不信人间小子。

唇、面之色赛女子，头、手之色亦赛女子，总评其"仪容""步履"之性为清雅、端详，符合古代美貌男子的审美观念。再以夸张的手法，将其容貌夸成天上仙童，以见其非世间俗流。

更有意思的是，李桂奎先生指出，鉴于"阴阳殊性、刚柔有体"的差别，小说诗词描写男性有"动物化"的倾向，以"壮貌"或"异表"，如"豹头""虎须""燕颔"的张飞，"赤髯而虬"的侠客。而女性则多用植物化比拟，以"可观""可餐"，如花、柳，小说中几乎都是"樱唇""柳眉""桃腮""荔脸"。这就非常有意思了。如上述白马少午的"狡捷过猴猿，勇剽若豹螭"，武松如狮子、貔貅，便有动物化倾向。上述观音幻化的美女之"半含笑处樱桃绽，缓步行时兰麝喷"，月仙之"夭桃"之喻，蛇精之"桃萼淡妆红脸，樱珠轻点绛唇"，均有植物化的倾向。

二　古代小说创作与诗词的运用

　　古代小说如何捏合诗词也是编创是否成功的一个标志。例如，好的篇首诗词，可以为小说增添无限意味。如《红楼梦》开篇的"满纸荒唐言，一把辛酸泪！都云作者痴，谁解其中味"，开头有了这首诗，真是一诗道尽作者的无限悲凉，同时也铺下了全书的感情基调。当林黛玉与史湘云在中秋之夜，已经凉意侵人的时候，续出"寒塘渡鹤影""冷月葬花魂"这样的诗句时，我们不禁慨叹：中国古代小说的作者多么富于诗才，让像诗一样的女儿吟出了如此富于诗意的句子，而且人物形象、情节发展与环境渲染都异常出色与成功，多么了不起！

（一）"老刘食量大似牛"博笑噱

　　古代小说创作运用诗词的一个主要功能是延缓故事节奏，让读者缓和情绪，也让讲故事者卖弄悬念，引人入胜。有时候用得过了头，就让人觉得搞笑。例如，两员战将正打得火热，胜负难分或胜负在即的时候，作者竟然停下来，引入一首诗。如《水浒

传》三十五回写吕方与郭盛"交锋，比试胜败""一对好厮杀"，
引入长篇的赋：

> 棋逢敌手，将遇良才。但见绛霞影里，卷一道冻地冰
> 霜；白雪光中，起几缕冲天火焰。故园冬暮，山茶和梅蕊争
> 辉；上苑春浓，李粉共桃脂斗彩。这个按南方丙丁火，似焰
> 摩天上走丹炉；那个按西方庚辛金，如泰华峰头翻玉井。宋
> 无忌忿怒，骑火骡子飞走到人间；冯夷神生嗔，跨玉狻猊纵
> 横临世上。左右红云侵白气，往来白雾间红霞。

　　这赋不写让人揪
心的战斗结果如何，
而是慢条斯理地展开
想象的翅膀，详细地
渲染战斗的场面，从
"棋逢"至"斗彩"
一段不像战斗之赋，
倒像颂春的曲子。后
半段算是描写战斗的
激烈，但似乎并没有

二将交战图（蒙小玉）

紧张的氛围，而是虚化的描写，让人看起来像写纯净的自然现象
似的。又如《西游记》第二十回写行者与八戒见一座"凶险"的

洞府：

> 迭障尖峰，回峦古道。青松翠竹依依，绿柳碧梧冉冉。
> 崖前有怪石双双，林内有幽禽对对。涧水远流冲石壁，山泉
> 细滴漫沙堤。野云片片，瑶草芊芊。妖狐狡兔乱撺梭，角鹿
> 香獐齐斗勇。劈崖斜挂成年藤，深壑半悬千岁柏。奕奕巍巍
> 欺华岳，落花啼鸟赛天台。

这有什么"凶险"嘛，分明是非常清幽的道者修行之所在！这就是"状以骈丽"的惯常手法，这种做法让人觉得古代人那么可爱！

有些小说讲了许多个小故事，这些故事都有趣味性，如果加上一首诗来总结，那就更加完美了。《无声戏》是清代著名的戏曲理论家、小说家李渔的作品。李渔的创作宗旨是"一夫不笑是吾忧"，即要突出作品的娱乐性与戏剧性，"无声戏"用来为小说命名，与有声的戏剧相对，说明他是以创作戏剧一般的方法来写小说。《无声戏》第五回《女陈平计生七出》本写女子守贞的行为，但并不写她通过上吊、投河等行为以引起轰动的社会效应，而是写女子如何像陈平一样，以其聪明才智保存贞洁的曲折故事。小说以主人公耿二娘有智、巾帼妇人赛过须眉男子的两件小事为引首，一是用珠灯拔钩在喉内的钓钩，救了人家性命，二是用"意"的方法治好举重物导致双手脱臼的妇女，让人不禁莞

尔。接着进入正题，在战乱背景下，耿二娘能够完整保存自己的
贞节，并将贼头引归家乡由乡人处置，不可谓不奇。为突出这
点，处处围绕耿二娘巧智设计，步步为营，处处设关节。小说以
"词云"为开篇，论及女性贞节，为下文叙述耿二娘节操埋下铺
垫，立好主题。当贼头看见耿二娘脱衣上床时，引了偶句"馋猫
遇着肥鼠，饿鹰见了嫩鸡"，以"馋猫""饿鹰"等粗俗的语言
和比喻来形容贼头的丑态、淫相，当然有讽刺意味。当耿二娘月
水"止住"之日，贼头求欢时，小说继续引用了一首赋："玉肤
高耸，紫晕微含。深痕涨作浅痕，无门可入；两片合成一片，有
缝难开。好像蒸过三宿的馒头，又似浸过十朝的淡菜。"除了突
出意外情况外，当然还有喜剧效果，"蒸过三宿的馒头，又似浸
过十朝的淡菜"这样的夸张语言不禁使人发笑。小说最后没有引
常规的七绝，而是插入一段类似歌谣的"口号"："一出奇，出门
破布当封皮；二出奇，馒头肿毒不须医；三出奇，纯阳变做水晶
槌；四出奇，一粒神丹泻倒脾；五出奇，万金谎骗出重围；六出
奇，藏金水底得便宜；七出奇，梁上仇人口是碑。"三七断句，
押韵，但不是古代小说常引的典型七绝，也不按常规申明主旨，
事实上，这首歌谣比任何精当的律绝都有用，因为这"七奇"，
实际上是七个故事单元，七个情节点，奇是情节的中心。其总
结、概括、点拨作用是相当明显的，确实赛过陈平六出奇计。一
出至七出，完全是戏剧性的情节，最后结局也有戏剧意味。

所以，鲁迅在《中国小说史略》中评《五代史平话》时说：

戴敦邦《新绘全本红楼梦》插图

"大抵史上大事，即无发挥，一涉细故，便多增饰，状以骈丽，证以诗歌，又杂诨词，以博笑噱。"古代小说在素材的基础上，增加细节，引入诗词，以达到创作效果。在描写喜剧人物的时候，特别喜欢运用诗词或谚语来调节气氛，真正达到喜剧的效果，"笑噱"连连。明末冯梦龙的《警世通言》之《老门生三世报恩》写道：兴安县知县姓蒯，是个爱少贱老的人，某年以为在生员考试中拔了个青年才俊，于是在秀才面前夸奖："本县拔得个首卷，其文大有吴越中气脉，必然连捷，通县秀才，皆莫能及""众人拱手听命，却似汉皇筑坛拜将，正不知拜那一个有名的豪杰"。那到底是哪方神圣能受到县尊如此青睐？只见拆号唱名之后，挤将上来的是这样一位"五十七岁的怪物，笑具"，大家哄堂大笑，为什么？因为这位的尊容是这样的："矮又矮，胖又胖，须鬓黑白各一半。破儒巾，欠时样，蓝衫补孔重重绽。你也瞧，我也看，若还冠带像胡判。不枉夸，不枉赞，'先辈'今朝说嘴惯。休羡他，莫自叹，少不得大家做老汉。不须营，不须干，序齿轮流做领案。"你看，长成这样，静候拜将人出场的众生们，能不哄堂大笑吗？这样的人跟蒯知县所说的，差别也太大了！这对比是多么的刺目，正好有讽刺的效果。而读者看到这里，捧书得"笑噱"的欢乐也是必然的。

我们知道刘姥姥进大观园也带来不少欢乐，其中之一即是刘姥姥高声念了一句笑话之后自己却"鼓着腮不语"，害得大观园中的老老少少全笑倒了，并有了著名的笑场片断，也是难得的全面的笑场描写："众人先是发怔，后来一听，上上下下都哈哈的大笑起来。史湘云撑不住，一口饭都喷了出来；林黛玉笑岔了气，伏着桌子嗳哟；宝玉早滚到贾母怀里，贾母笑的搂着宝玉叫'心肝'；王夫人笑的用手指着凤姐儿，只说不出话来；薛姨妈也撑不住，口里茶喷了探春一裙子；探春手里的饭碗都合在迎春身上；惜春离了坐位，拉着他奶母叫揉一揉肠子。地下的无一个不弯腰屈背，也有躲出去蹲着笑去的，也有忍着笑上来替他姊妹换衣裳的。"（《红楼梦》四十回）所有人，是所有人都笑倒了，那这句笑话到底是什么呢？"老刘，老刘，食量大似牛，吃一个老母猪不抬头。"就是这句话——熔重复、比拟、夸张手法于一炉的俗语，引来了精彩片断，可见，"博笑噱"是古代小说引入诗词，包括俗语谚语的主要功能，且运用得相当不错。

（二）"滚滚长江东逝水"讲哲理

看过1994年版电视剧《三国演义》的，无不为由杨洪基所演唱的片头主题曲《滚滚长江东逝水》而激昂荡漾，因这词既充满一股英雄之气，又充满是非成败转头空的历史苍茫感，令人回肠荡气，传唱不止。有些看过《三国演义》小说的人也知道，这首词名《临江仙》，见于第一回"宴桃园豪杰三结义　斩黄巾英雄首立功"回目之前，那这首词是不是小说原作者所作呢？看来不像，因为如果是作者自拟或引自他人成作来填充每回具有篇首诗词的话，一般会放在回目之后，并且引用之后还会来段"这首词说的是……"诸如此类的套语，对词意作一番解释，再说一下词与小说内容的关系。可是这词没有放在此处，也没有这样的说明性话语，只是放置在第一回回目之前。

再蹑迹追踪，发现除了通行的毛宗岗本（以下简称"毛本"）《三国演义》之外，尤其是更早的版本里，并没有哪一个版本引用这首词，那么，这首《临江仙》从何而来？作者是谁？为什么突然就出现在毛本《三国演义》里了呢？

前两个问题很快就找到了答案，词出自《杨慎词曲集》，收录在被称为"一代词宗"的明代杨慎所作的《历代史略词话》（四川人民出版社1984年版）。《历代史略词话》，又称《历代史略十段锦》或《廿一史弹词》，这是模仿讲史而作的通俗读物。

　　这首《临江仙》出现在第三段《说秦汉》开篇，为开场词："滚滚长江东逝水，浪花淘尽英雄。是非成败转头空。青山依旧在，几度夕阳红。　白发渔樵江渚上，惯看秋月春风。一壶浊酒喜相逢。古今多少事，都付笑谈中。"这首词感叹人生如梦，宇宙茫茫，且多少带着质木之感或悲凉之情，与宋翔凤的《杨用修史略词话叙》所云"至于重复悲慨，凄其断绝，令人一而叹，再而悔"的"骚人之情"相契。为什么毛宗岗不选历史演义小说常用的其他咏史诗，偏偏选了这首词呢？这就要回答第三个问题了。

　　第一，毛宗岗认为小说于"叙事之中，夹带诗词，本是文章极妙处。而俗本每至'后人有诗叹曰'，便处处是周静轩先生，而其诗又甚俚鄙可笑"（《三国演义凡例》），意思是说创作小说时引入一些诗词是非常好的，但是不少作品过犹不及，处处均引用周静轩那样俚鄙可笑的诗，那就降低了水准，因此他要"悉取唐宋名人作以实之，与俗本大不相同"，大不同之处，就是在评点小说过程中实施这样的主张，如选用了这首《临江仙》。《临江仙》既有史实的檃栝：浪花淘尽英雄、青山依旧在、几度夕阳红；又有情怀的抒发：是非成败转头空；还有哲理上的升华：古今多少事，都付笑谈中；有潇洒的超脱行为：白发渔樵江渚上、惯看秋月春风、一壶浊酒喜相逢。这样平凡的取向与如此高雅的情调结合，正合毛宗岗的创作目的，收进来，也在情理之中。

　　第二，这种怀古伤今、感叹兴亡的做法符合毛宗岗修订《三国演义》的哲理需求与情思。《历史史略词话》多为抒发骚人之情的宇宙人生观，《三国演义》正好也要抒发这样的情感。

第三，既符合讲史发展而来的章回小说体制需求，又符合讲史、演义"讲论只凭三寸舌，秤评天下浅和深"［（宋代罗烨编《醉翁谈录》，分十集，以十天干为集名，每集两卷，其中保存了大量关于古代的小说、戏曲和其他通俗文学的研究资料）］的讲史责任与演义情怀。讲史与历史演义所承担的责任如《醉翁谈录》卷一"舌耕叙引"的"小说引子"开头所说："静坐闲窗对短檠，曾将往事广搜寻。也题流水高山句，也赋阳春白雪吟。世上是非难入耳，人间名利不关心。编成风月三千卷，散与知音论古今。"意思是说讲故事的人的责任是闲静地坐在窗前，对着青灯，广泛搜集历史故事，能够题赋高水流水、阳春白雪那样的诗句。世上的是是非非不能干扰他，他也不在意人间追名逐利的游戏。他就是要把这些历史兴亡之事编成卷册，散发给大家，让大家来评判古今是非对错，再看看能不能找到自己的知音。同时，古代说话技艺于讲说开头需要吟唱诗词以等候听众、静场或渲染气氛，同时还要有预示主旨的功能，而杨慎这首词本来就是"弹词"体，是俗化的曲子，被引用于《三国演义》开头，正点明了"是非成败转头空"的主旨，无疑符合小说的创作需要。且毛宗岗也于这首词有评："以词起，以词结。"这样看来，其实《三国演义》结尾引用的不是"词"体，而是"古风"。

除了《三国演义》《醉翁谈录》，像《清平山堂话本》之

《陈巡检梅岭失妻记》也是这样认为的："独坐书斋阅史篇，三贞九烈古来传。历观天下嵚崎峥，大庾梅岭不堪言。君骑白马连云栈，我驾孤舟乱石滩。扬鞭举棹休相笑，烟波名利大家难。"前两句述小说创作的使命，要在书斋阅读史书的过程中传诵三贞九烈之类的故事，"历观天下嵚崎峥，大庾梅岭不堪言"囊括的是这本小说的主要内容，同时也暗

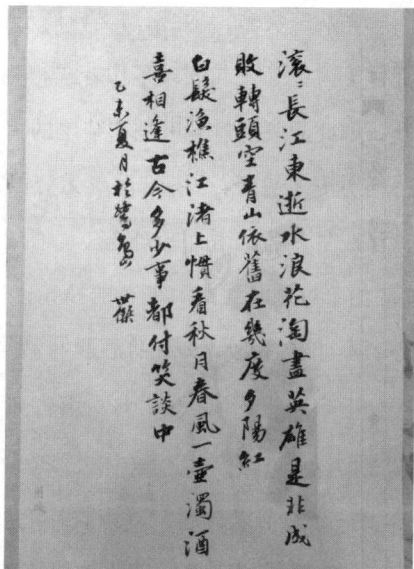

《临江仙》词书法作品

（作者：李世杰）

示着人生的艰难无定，漂泊不止，但是，作者认为这也"不堪言"，其实是不值得言说的意思。因为后四句就说明了作者的态度：人生总是要分别的，远去的，就像你在连云的栈道上骑着白马行走的时候，说不定我就在充满乱石的滩头边驾着孤舟。因此，让大家都看开一点，看淡一点，最好的境界就是"扬鞭举棹休相笑，烟波名利大家难"。扬鞭骑马的也好，举棹驾舟的也好，大家不用互相嘲笑，因为大家都在烟波名利中漂荡，都有自己的难处，何必呢！

光从开头看,《三国演义》所引杨慎词,认为"古今多少事,都付笑谈中"二句表现了作者或相关的编创者对人生世事看得很开,如此洒脱超然。可是在结尾的古风里,却依然沾染着淡淡的感伤历史之情怀:"纷纷世事无穷尽,天数茫茫不可逃。鼎足三分已成梦,后人凭吊空牢骚。""纷纷"二字显示多么的无奈,"茫茫不可逃"可见其痛苦的挣扎,"梦""空"二字,可见其伤心、不能释怀处。开头的洒脱与结尾的伤感,二者相照、呼应,正如毛宗岗批语所云:"此一篇古风,将全部事迹櫽栝其中,而末二语以一'梦'字、一'空'字结之,正与首回词中之意相合。一部大书以词起,以诗收,绝妙笔法。"这才是编创者、评点者、阅读接受者共同的立体化体验:结尾古风之"梦""空",与开头之词的"是非""多少事"之"空""谈"对照,相得益彰。

(三)隋炀帝怎会作《望江南》曲

当我们阅读古代小说时,发现所引用的部分诗词有非常大的问题,如明末冯梦龙的《醒世恒言》之《隋炀帝逸游召谴》、齐东野人的《隋炀帝艳史》,讲隋炀帝在建西苑、凿五湖后,最爱其中的东湖,因此制作了湖上曲《望江南》八阕云:

其一云:湖上月,偏照列仙家。水浸寒光铺枕簟,浪摇晴影走金蛇，偏称泛灵槎。　　光景好，轻彩望中斜。清露冷侵银兔影，西风吹落桂枝花，开宴思无涯。

其二云：湖上柳，烟里不胜催。宿雾洗开明媚眼，东风摇弄好腰肢，烟雨更相宜。　　环曲岸，阴覆画桥低。线拂行人春晚后，絮飞晴雪暖风时，幽意更依依。

其三云：湖上雪，风急堕还多。轻片有时敲竹户，素华无韵入澄波，望外玉相磨。　　湖水远，天地色相和。仰面莫思梁苑赋，朝来且听玉人歌，不醉拟如何？

其四云：湖上草，碧翠浪通津。修带不为歌舞缓，浓铺堪作醉人茵，无意衬香衾。　　晴霁后，颜色一般新。游子不归生满地，佳人远意正青春，留咏卒难伸。

其五云：湖上花，天水浸灵芽。浅蕊水边匀玉粉，浓苞天外剪明霞，只在列仙家。　　开烂熳，插鬓若相遮。水殿春寒幽冷艳，玉轩晴照暖添华，清赏思何赊。

其六云：湖上女，精选正轻盈。犹恨乍离金殿侣，相将尽是采莲人，清唱谩频频。　　轩内好，嬉戏下龙津。玉管朱弦闻尽夜，踏青斗草事青春，玉辇从群真。

其七云：湖上酒，终日助清欢。檀板轻声银甲缓，醅浮香米玉蛆寒，醉眼暗相看。　　春殿晚，仙艳奉杯盘。湖上风光真可爱，醉乡天地就中宽，帝主正清安。

其八云：湖上水，流绕禁园中。斜日暖摇清翠动，落花香暖众纹红，蘋末起清风。　　闲纵目，鱼跃小莲东。泛泛轻摇兰棹稳，沉沉寒影上仙宫，远意更重重。

隋炀帝游湖图（蒙小玉）

隋炀帝常常游于湖上，因此经常令宫中美人歌唱这首曲。表面上看，没有什么异常，可是这却让内行人笑话：隋炀帝时还没有开创这个词调，他怎么可能写出来？这就明显与历史事实不相符。《望江南》词调始作于唐代李德裕，大业时期肯定没有此体。但仔细想来，于历史上的隋炀帝来说这是伪作，但对于小说中的隋炀帝来说，没有什么是不可能的。

历史上的隋炀帝杨广是隋文帝杨坚的第二个儿子，《隋书》称隋炀帝"美姿仪，少敏慧"，且"好学，善属文"，是个翩翩公子。杨广对自己的文采也很自负，他曾说就算是比诗文做状元，他也是魁首，该当这个皇帝。《隋书·经籍志》著录的《炀帝集》有55卷，《全隋诗》收录了他保存下来的诗40多首，他是中国历史上少数拥有才气的帝王之一。他的诗文比较有名的是"寒鸦飞数点，流水绕孤村"，有的版本写作"寒鸦千万点，流水绕孤村"。宋代著名词人秦少游化用这句诗为"斜阳外，寒鸦数点，流水绕孤村"(《满庭芳》),后人称颂秦少游妙手生花时也不忘杨广的才情。

小说中还引用了一首"我梦江都好,征辽亦偶然。但存颜色在,离别只今年"诗,以表达炀帝幸江都后离开时,与宫人留别的情意,多情帝王的情谊无人能及。到江南后还能作江南风格的诗如:"个人无赖是横波,黛染隆颅簇小峨。幸好留侬伴成梦,不留侬住意如何?""无赖""横波""侬"等情态,活脱脱表现出江南男女情歌的活泼之调。而小说后半部写隋炀帝闻道路旁百姓的悲歌和术士谈天象异变之后,他"索酒自歌":"宫木阴浓燕子飞,兴亡自古漫成悲。他日迷楼更好景,宫中吐艳恋红辉。"这首诗的"燕子"是隐喻"旧时王谢堂前燕"的历史兴替,"漫成悲""他日""更好景"等字眼充满英雄末路、失国兴替的悲凉,而此时天下大乱,民不聊生,炀帝亦"彷徨,通夕不寐",可见其无力回天的凄凉,笔墨之间流露了行将末路的帝王不能力挽狂澜的彷徨与绝望。将此情景赋于诗歌,与他的名篇《饮马长城窟行示从征群臣》所说的"颇有魏武之风"风格一致,正反映出杨广有诗人的情怀,更有诗人的才华。这些诗使读者(读诗者或读小说者)黯然销魂,小说最后引用了胡曾一首诗来评价隋朝灭亡:"千里长河一旦开,亡隋波浪九天来。锦帆未落干戈起,惆怅龙舟不更回。"深叹。

这篇小说据宋人传奇小说《海山记》《迷楼记》《隋遗录》等串合而成,《望江南》八首也见于《海山记》《隋炀帝艳史》。

当冯梦龙"拿来"之后，还若无其事地使用，并且加以大肆渲染，凭冯梦龙的文学功底，这点讹误不可能看不出来，可是冯梦龙还是要征引，为什么？这只有一种解释，只要是小说需要的，就是可采用的，只要能够显示作者"曰得词，念得诗"的就是真的，这些"真"与史实无关，只与艺术的真实有关。试想，隋炀帝在历史上是非常有艺术才能的帝王——甚至有人认为他是成功的艺术家，却是失败的政治家——一个风流帝王，能作诗作曲是正常的，所以作者给他一个场景写点诗是正常的，也符合明代人认为才子一定要有诗才的观念。《望江南》八阕从月至柳、雪、草、花、女、酒、水，以流畅的情调反复强调了"玉辇从群真""帝主正清安"这样的情景、环境，反映东湖与西苑的美丽，也刻画了隋炀帝逸游的形象特点。小说还说"帝常游湖上，多令宫中美人歌唱此曲"，可见这首曲还非常合律乐，能唱，没有完全脱离音乐的尺度，不是完全的文人曲词。这种情形于隋炀帝及其小说形象反映未尝不可。这就是为什么后人要为隋炀帝常抱不平，如有人写诗评价杨广与王安石的命运："隋炀不幸为天子，安石可怜作相公。若使二人穷到老，一为名士一文雄。"杨广与王安石一样，错位其职业地位，结局不是很理想，若二人不为天子或不为宰相，可能成为名士或文雄，千古传颂。

　　这种情形就是毛宗岗在《三国演义凡例》里强烈批判的："七言律诗，起于唐人，若汉则未闻有七言律也。俗本往往捏造古人诗句，如钟繇、王朗颂铜雀台，蔡瑁题馆驿屋壁，皆伪作七言律体，殊为识者所笑。今悉依古本削去，以存其真。"你看《三国演义》这样的名著尚且有这样的情况，因为这既与《三国演义》"七分实事，三分虚构"的创作理念有关，又与古代小说"为求浅学易解"，"据事随意演说"有关。古人写近体诗的情节，并不是从通俗小说开始，唐传奇就有这种做法。如唐代小说作者都喜欢在故事里穿插诗歌，而且让古人也写近体诗。《纂异记》是一本代表作，如《许生》《韦鲍生妓》《嵩岳嫁女》《蒋琛》里都有诗赋歌词，足以见作者的文采。宋元话本小说《张子房慕道记》里为数不少的七绝、七律、词调，也是汉代所没有的诗歌体裁。当我们明白小说的创作手法与创作目的以后，就不会到处指责他们为什么会犯这样的常识错误了，因为他们是"故意的"。

（四）张生为何待月西厢下

前面提到唐传奇有"诗笔"风格，《莺莺传》是其代表作，其中最著名的一段原文如下：

> 张大喜，立缀《春词》二首以授之。是夕，红娘复至，持彩笺以授张，曰："崔所命也。"题其篇曰《明月三五夜》。其词曰："待月西厢下，迎风户半开。拂墙花影动，疑是玉人来。"张亦微喻其旨。是夕，岁二月旬有四日矣。崔之东有杏花一株，攀援可逾。既望之夕，张因梯其树而逾焉。达

于西厢，则户半开矣。红娘寝于床。生因惊之。红娘骇曰："郎何以至？"张因绐之曰："崔氏之笺召我也。尔为我告之。"无几，红娘复来，连曰："至矣，至矣！"张生且喜且骇，必谓获济。及崔至，则端服严容，大数张曰："兄之恩，活我之家，厚矣。是以慈母以弱子幼女见托。奈何因不令之婢，致淫逸之词？始以护人之乱为义，而终掠乱以求之。是以乱易乱，其去几何？诚欲寝其词，则保人之奸，不义；明之于母，则背人之惠，不祥；将寄于婢仆，又惧不得发其真诚。是用托短章，愿自陈启，犹惧兄之见难，是用鄙靡之词，以求其必至。非礼之动，能不愧心。特愿以礼自持，无及于乱。"言毕，翩然而逝。张自失者久之。复逾而出，于是绝望。

这段故事就是说仰慕崔莺莺的张生，写了两首春词送给崔小姐，崔小姐回了一首《明月三五夜》给他："待月西厢下，迎风户半开。拂墙花影动，疑是玉人来。"张生于是根据自己理解的诗意，攀爬杏花、跳过墙去，来到西厢，发现门户半开——应该是故意开了门等他的。眼看着才子佳人俱得风流快事，谁知道崔莺莺一来，端服严容，把张生大骂一顿，接着把他赶了出去。这一幕来得太突然了，张生还没有反应过来，就结束了，无疑是当头一棒，一个热心肠、一个冷面孔，对比鲜明。这首诗不但把当时森严的礼教下才子佳人很难接触的情形写出来，把偶然有机会接触后，既渴望、又害怕的过程展现出来，还把崔莺莺的诗才展露出来了，更把当时月夜清明、微风拂动花影的皓洁描摹出来了。

到了元曲《西厢记》之后，这场面就更具有喜剧色彩了：当红娘把诗送给张生后，张生解释说："待月西厢下"就是叫他"着我月上来"，"迎风户半开"就是崔莺莺会开门等他，"隔墙花影动，疑是玉人来"就是叫他跳过墙来。当时红娘就笑着反问他是不是这样，张生夸口说："俺是个猜诗谜的社家，风流隋何，浪子陆贾，我那里有差的勾当。"结果，当张生跳过墙去（门明明开着），崔莺莺马上"变了卦"，大骂，那情形正如剧本所写："张生无一言，呀，莺莺变了卦。一个悄悄冥冥，一个絮絮答答。却早禁住隋何，迸住陆贾，叉手躬身，妆聋做哑。"那样对比鲜明的两个人，真是好笑之极。你看，"迎风户半开"这首诗，在唐传奇或者是这本《西厢记》里，都起了十分重要的作用。《莺莺传》与《西厢记》作者均成功地运用一首诗来编织故事情节，展现了非常精彩的小说、戏剧场面。小说或戏曲的人物性格、环境与崔、张、红三人的矛盾也跃然纸上，是难得的精品。

其实，早在《莺莺传》以前，才子爱上美女，跳墙相会的故事已经有史书记载。《晋书·贾充传》记载，贾充（晋代的豪门权贵，女儿是皇后）最小的女儿叫贾午（晋惠帝皇后贾南风的同母妹，贾谧的母亲），她经常在父母宴集宾客和幕僚时偷看，不知不觉中爱上了幕僚韩寿，韩寿便跳墙过来跟她相会。贾充得知

张书生跳墙图（蒙小玉）

之后，借抓贼之名查看后园墙头痕迹，假托说是墙的东北角有印子，掩饰了二人的不光彩之事。更为可贵的是，贾充深明大义，把贾午嫁给了韩寿，玉成了才子佳人的美事，成就一段佳话。可见，张生待月西厢下，跳墙会莺莺的故事被反复传扬、改编，是有历史依据的，只不过《莺莺传》的名气大，《西厢记》的影响更大，因此大家只记得出处在此，实际上却早有记载。这种美谈前有古人，后有来者。

早在先秦时期，《诗经·郑风·将仲子》中的女子就很怕担上逾墙相从（越过禁锢的围墙去跟从相爱的人）的罪名："将仲子兮，无逾我园，无折我树檀。岂敢爱之？畏人之多言。仲可怀也，人之多言亦可畏也。"意思是说，虽然你很值得我去喜欢，但是我很怕人说是非。人言可畏啊，请你千万不要翻墙过来，害怕你翻墙时折断我家园子里的树枝，被人发现就不得了。

其实，墙内佳人、墙外才子的故事，还有更出众的两个源头：一是《登徒子好色赋》里所说宋玉与东家之子的故事；一是

《史记·司马相如列传》与《艺文类聚》中有关司马相如以琴"挑"文君的记载。唐代李善注《文选》卷十九赋《登徒子好色赋》：

> 臣里之美者，莫若臣东家之子。东家之子，增之一分则太长，减之一分则太短；著粉则太白，施朱则太赤。眉如翠羽，肌如白雪，腰如束素，齿如含贝。嫣然一笑，惑阳城，迷下蔡。然此女登墙窥臣三年，至今未许也。登徒子则不然。其妻蓬头挛耳，齞唇历齿。旁行踽偻，又疥且痔。登徒子悦之，使有五子。王孰察之，谁为好色者矣。

这里主要是通过登徒子的龌龊、好色来反衬宋玉的美丽与好德。东家之子的美亦成为描写美人的经典："增之一分则太长，减之一分则太短；著粉则太白，施朱则太赤。"这是多么绝色的女子，如此恰到好处的美，再加上"嫣然一笑"的情态，墙外的才子能不倾倒？毕竟，爱美之心人皆有之！只不过这篇赋强调的是不为美色所动的守德忠臣，可惜了这么好的文笔。还好，宋元戏曲和明清小说在这样的故事上进行了大胆的想象与尽情的发挥，于是就有了《西厢记》与《墙头马上》这样的名篇诞生。又，《史记·司马相如列传》：

> 是时，卓王孙有女文君新寡，好音，故相如缪与令相

重，而以琴心挑之。相如之临邛，从车骑，雍容闲雅，甚
都。及饮卓氏，弄琴。文君窃从户窥之，心说而好之，恐不
得当也。既罢，相如乃使人重赐文君侍者，通殷勤。文君夜
亡奔相如，相如与驰归成都。

《艺文类聚》卷四十三《乐部三》记载其词：

> 汉司马相如琴歌曰：相如游临邛，富人卓王孙家，有女
> 文君，新寡，窃于壁见之，相如因以琴歌挑之曰：凤兮凤兮
> 归故乡，游遨四海求其凰。有艳淑女在此房，何缘交接为鸳
> 鸯。凤兮凤兮从我栖，得托孳尾永为妃。交情通体心和谐，
> 中夜相从知者谁。

这就是后来所说的《凤求凰》。宋元戏曲与明清小说也多接
受了这种故事套路：美妙的音乐可以诱发才子佳人的情感，通过
音乐，很多时候是诗，可以激发对方的关注与欣赏，这样就有了
择偶的冲动与理由：心心相印，情投意合，可以求得绝配。不过
后起戏曲小说有的着意在知音相赏，以身相许；有的着意在恨知
音少，无人相许。如宋朝欧阳修的《蝶恋花》：

> 庭院深深深几许？杨柳堆烟，帘幕无重数。玉勒雕鞍游
> 冶处，楼高不见章台路。　　雨横风狂三月暮，门掩黄昏，

无计留春住。泪眼问花花不语，乱红飞过秋千去。

　　这位妇女已经感到围墙对她的人身思想的压迫，她开始苦闷、烦恼，她无助，以泪问花，她根本不知道外面的世界。因宋词主含蓄或营造心理氛围，不重故事的叙述，因此多无逾墙相从叙事。只不过知道了墙外世界的妇女更加忧伤而已，苏轼《蝶恋花》即是代表：

　　　　花褪残红青杏小。燕子飞时，绿水人家绕。枝上柳绵吹又少，天涯何处无芳草。　　墙里秋千墙外道。墙外行人，墙里佳人笑。笑渐不闻声渐悄，多情却被无情恼。

　　"花褪残红青杏小。燕子飞时，绿水人家绕。枝上柳绵吹又少"是围墙周围的环境，是佳人生活的环境，是行人触动情丝的环境。故此，我们可以浓缩这类词作发生的故事场景为：以院墙为中心点，往内是绿树与花木繁茂的院子，院子再进一层是楼房，楼房里住着佳人，佳人不时到院子荡秋千；墙外是道路，路上不时有行人经过。墙里的佳人，看到的是墙外的行人与道路，听到的是脚步声；墙外的行人，看到的是墙里的佳人与秋千，听到的是欢笑声。他们心灵感触的瞬间，被一堵现实的墙壁阻隔了，以致他们看不到彼此，只听到了脚步声与笑声。然而正所谓"春色满园关不住，一枝红杏出墙来"，追求爱情，追求婚姻自由是合乎人性的，所以墙砌得越厚、越高，男人女人们越是拼了命要逾墙而出。

这就张生待月西厢下的前因后果。

（五）以诗传情，谁是真心看诗词

才子佳人的恋爱与婚姻是古代作者与读者均喜爱的故事题材之一。那么古代小说在创作时，诗歌在才子、佳人爱情与婚姻中起到什么样的作用呢？根据小说描写，才子必须要有人才（貌）、文才（诗）、举才，用通俗的话说就是才子可以出生在穷人家里，但一定要长得好看；风流倜傥能写诗；一定要中状元得进士，以便实现洞房花烛夜、金榜题名时的人生理想。佳人必须出生在富贵人家，长得漂亮，聪明机灵，情长，除了女工，一定要会作诗吟曲，这样才能与才子产生互动，否则就没有诗词赠答的互动，难成佳偶，就无法过上美满的生活。

才子与佳人墙头马上初相见之后，二人无法通音信、表心曲，怎么办？只有通过丫鬟等传诗递简，以诉衷肠。诗，在这里便成了媒介，古代男女授受不亲时代的产物。集中体现这一特点的是明末署名金木散人的中篇话本小说《鼓掌绝尘》，这部小说分为"风""花""雪""月"四集，从集名便可以知道这本小说的题材与风月情怀有关。"风"集第二回写才子杜开先与佳人韩玉姿相遇，相遇时无从交流，只能以诗代语：

（杜开先）心中又忖道："我想他是个酒醉的人，倘或走将起来，大呼小喊，把那韩相国老头儿惊醒了，莫说我空坐了这

才子佳人隔船和诗（蒙小玉）

半夜工夫，连那女子适才那几句歌儿，都做了一场虚话。我如今趁此四下无人，那女子还未进去，不免将几句情诗，便暗暗挑逗他。倘他果然有心到我杜开先身上，决然自有回报。只是我便做得个操琴的司马，他却不能得如私奔的文君。也罢，待我做个无意而吟，看他怎么回我。"你看那杜开先便叹了一声，斜倚阑干，紧紧把韩玉姿觑定，遂低低吟道：

画舫同依岸，关情两处看。

无缘通片语，长叹倚栏干。

韩玉姿听罢，暗自道："这分明是一首情诗，字字钟情，言言属意，敢是那个书生有意为我而吟。哎，这果然是对面

关情，无计可通一语。我若不酬和几句，何以慰彼情怀？"
因和云：

> 草木知春意，谁人不解情。
> 心中无别念，只虑此舟行。

杜开先听他所和诗中，竟有十分好意，便把两只手双双扑在阑干上面，正待要道姓通名，说几句知心话儿，无耐韩相国那老头儿忒不着趣，刚一觉睡醒转来，厉声叫道："女侍们都睡着了么？快起来烹茶伺候。"

"低低吟道"一语可见杜开先情深意切之态，"对面关情""以慰彼情怀"可见韩玉姿的情意之温柔。细揣韩玉姿所唱歌曲之意，情极深，倾慕之情油然而生，想要讲话，又怕受惊搅，思前想后，就吟诗一首；玉姿听诗句就知他的心意，又和诗一首。二人心意在吟诗时已经通得明白，可被韩相国一声叫喊惊散了，尚来不及通问姓名。从此之后，颇经周折，又经小人离间，但最终功成名就、洞房花烛。"对面关情，无计可通一语"，这往往是才子佳人相会的重要情节，要打破这种阻隔，就得依靠诗歌这个重要媒介，以便联络二人的内心情意。

《鼓掌绝尘》"雪"集写的也是才子佳人唱和相会的故事，不过这回不是才子主动寻访佳人，而是佳人先相中才子，主动吟诗求偶，一反女子含羞的俗套，有较强的刺激性。才子文荆卿能诗嗜酒，离家游荡时，在一个花园中偶然与佳人李小姐相遇，李小姐看见文荆卿后，想到他"人品少年，更加风流俊雅，心中便十分可意。遂伸出纤纤玉手，轻轻把两扇窗儿半开半掩，仔细瞧了一会，蓦然惹起闺情"，毫无古代女子含羞躲避的姿态，甚至还支开使女，大胆吟诗一首："睡起无聊闷不升，春情撩乱倩谁排？桃花欲向东君放，借问刘郎何处来？"诗的第一句写自己刚刚睡醒时思春无聊的苦闷之态，有桃色暗示，因女性闺中事是不能向人泄露的。第二句写她更为苦恼的是，这烦闷又不知道找谁倾诉。第三、四句写自己也想学桃花一样，向东君开放，坦露自己的情丝，顺便也问问刘郎（指如意郎君）你是从何处来的？暗含了"才子，你对我这样的佳人有意吗？"这样的疑问。前三句重在表达自己的感受，后一句借诗寻问文荆卿的想法。诗意大胆，却又有含蓄之妙，情浓与心细相兼，正是佳人的必备特征。"文荆卿听罢暗自夸奖道：'好一个着人的小姐！听他细语娇声，犹胜新莺巧啭；藻词秀韵，还过绝蕊初开。那诗中语句，分明默露春情，到有几分见怜我文生的意思。不免也吟一首回他则个。'遂吟云：'误入桃源津已迷，徘徊花外听莺声。胡麻果作刘郎糁，好敕仙娥指路歧。'"正是你方有情时我亦有意，文荆卿一听就听出了李小姐诗中的情意，马上作诗回答，四句诗并作一个意思：我对你十分有意，请问你有什么好途径让我接近你呢？接下来："那小姐听罢，便叹了一声道：'好一个风流才子，不知是那一家的？听他，其音清，其词丽，非大有才识，何能以诗自媒？'言未了，只见琼娥忙来迎请道："小姐，老夫人等你去吃早膳。'这小姐正欲慢谈心曲，忽被琼娥走到，心下仓皇无计。没奈何，只得下楼进去。"同样的结构是，相见，钟情，吟诗，心曲相通，旁人惊散。诗歌是相隔男女得以通信递情的媒介，对情节勾连往往起穿针引线作用。故事结果无须多说，大家也能猜到，肯定是洞房花烛夜、金榜题名时。老套，但吸引人，试想被禁锢于深闺的聪明、多情的女子，与在外游取功名的风流才子，偶然相见，如何借诗偷送私情，甚至私会私奔，这是多么刺激的故事！二人历经波折，又能成佳偶，多么令人羡慕！

又如清初署名笔炼阁主人的白话短篇小说集《五色石》卷六《选琴瑟　三会审辨出李和桃　两纳聘方成秦与晋》讲述的也是才貌双全的小姐通过以诗传情的方式考验求偶者真心的故事。宗坦抄了才子何嗣薪的三首诗——《读〈小弁〉诗有感》《读〈长门赋〉漫兴（二首）》，以此想求聘千金，却被人识破了。因他根本不知道诗是什么意思，读者郗公说"这诗原不是自己做的，是先生代做的"这句话时，他的意思不是说宗坦抄人诗的意思，而是说《小弁》不是宜臼所作，是宜臼之傅代作的意思，但因为不了解这个典故，宗坦吓得满脸通红。后来又说"倩人代笔的不为稀罕，代人作文的亦觉多事"，宗坦更是吓得不打自招，露出了抄袭的马脚。第一次欺骗被识破了，宗坦伪才子的面目也浮露出来。后来宗坦恼羞成怒，唆使另一假才子何自新陷害真才子何嗣薪，何自新到隋家谈婚，结果被小姐瑶姿当场考问诗书，面红语塞，局促不安，只得退出。最后，在对质之下，何自新与何嗣薪的水平高低便真相毕露，真正的才子何嗣薪与佳人瑶姿成为最佳伴侣。这样一来，"李"和"桃"分清了，才子与骗子便判别开来了，最终："天下才人与天下才女作合，如此之难。一番受钗，又一番回钗。一番还珮，又一番纳珮。小姐初非势利状元，状元亦并不是曲从座主，各各以文见赏，以才契合。此一段风流佳话，真可垂之不朽。"文、才见赏、契合，正是古代男女和谐婚姻的理想状态。既然是理想，要实现起来，自然是"如此之难"，这大概也是古人热爱此类题材故事的原因之一吧。

清代笔炼阁主人的《五色石》卷一《二桥春》有一段入话议论，正好代表了作者与读者的心曲：

天下才子定当配佳人，佳人定当配才子。然二者相须之殷，往往相遇之疏。绝代娇娃偏遇着庸夫村汉，风流文士偏不遇艳质芳姿。正不知天公何意，偏要如此配合。即如谢幼舆遇了没情趣的女郎，被她投梭折齿；朱淑真遇了不解事的儿夫，终身饮恨，每作诗词必多断肠之句，岂不是从来可恨可惜之事？又如元微之既遇了莺莺，偏又乱之而不能终之，他日托言表兄求见而不可得；王娇娘既遇了申生，两边誓海盟山，究竟不能成其夫妇，似这般决裂分离，又使千百世后读书者代他惋惜。这些往事不堪尽述，如今待在下说一个不折齿的谢幼舆，不断肠的朱淑真，不负心的元微之，不薄命的王娇娘，才子佳人，天然配合，一补从来缺陷。

如果才子不会作诗，佳人不能和鸣，才子配不了佳人，成何天理？所以作者说，二者一定要相配，如果娇娃配了村汉，风流无法得遇艳质，就像谢幼舆与朱淑真、王娇娘与申生、元微之与莺莺一样饮恨终身，实在太可恨、可惜了，"读书者代他惋惜"表明了阅读者的阅读心理期待视野是要成其美。有没有这样的故事呢？作者说他写这个故事，就是为了呼应读者的期待，能够让"不折齿的谢幼舆，不断肠的朱淑真，不负心的元微之，不薄命的王娇娘，才子佳人天然配合，一补从来缺陷"，正符合《五色石》宣扬的创作主旨是"炼五色之石以补天道之所缺"。所以，古代小说的创作不是创作者的文化水平不行，非要编创那样千篇一律的情节，而是作者与读者一样，有共同的审美与阅读心理习惯。

如此一来，我们在阅读古代小说的时候，就不会以今天的眼光去看待，去作评判。那样对古代小说来说，是不公平、不合理的。

（六）比诗招亲，谁是佳婿凭诗词

这里要说的是"比诗招亲"这一突出主题。在历史演义和英雄传奇、武侠小说里，"比武招亲"是重要的主题；而在才子佳人小说或民间故事里，"比诗招亲"则是与"比武招亲"相对应的一大主题。一般来说，比武招亲要预设擂台，让各路英雄在规定日子比武，以胜者为婿。比诗招亲则预设宴集之地，比诗的方式或题目则比比武招亲灵活多样，如对对联、即席赋诗、唱和、比赛等。

　　融合了话本小说与民间故事优长的比诗招亲小说莫过于冯梦龙《醒世恒言》之《苏小妹三难秦学士》。苏小妹是大诗人苏轼的妹妹，一次醉酒之时，她的父亲苏老泉误向王安石泄露了苏小妹的才情，王安石便想着向苏家求婚，故将儿子的一卷文字交与苏老泉，想通过文字展现儿子的才学来求婚姻。结果苏小妹毫不客气地在卷面上写下评语："新奇藻丽，是其所长；含蓄雍容，是其所短。取巍科则有余，享大年则不足。"对文章的评价非常中肯到位，对他富贵运达的预言，也非常精准。果然，王安石的儿子十九岁就中了头名状元，可是不久就去世了。还好，苏老泉聪明，以女儿貌丑为由拒绝了王安石。但风波并未平息，苏小妹的"才名播满了京城"，"慕名来求者，不计其数"，苏老泉都把文字交与苏小妹自阅，有一笔抹倒的，有点上两三句的，最中意的却

仕女图（蒙小玉）

是高邮名叫秦观（字少游）的才子。后来，二人在庙中相遇，实际上是秦观故意去相看。秦少游认为苏小妹没有坊间传言的丑陋，"虽不是妖娆美丽，却也清雅幽闲，全无俗韵"，苏小妹"全无俗韵"的气质赢得了秦少游的倾心。为了互相试验才情，二人机智对答，均顺利通过。新婚之夜，苏小妹对秦少游的才情进行了最后的考验，第一题是作一首诗，以合苏小妹前诗的意义，第二题是猜出苏小妹诗中隐藏的四个古人，第三题是个七字对。秦观一一解答通关，最终，"疯道人"才得对上"小娘子"，喜结连理，得百年之好。

这是非常典型的比诗招亲，写作模式与影响都非常大。第一轮比试，类似于今天选秀节目的海选、笔试，在众多自由投递的个人最擅长的文字中，苏小妹看中了秦少游，过了第一关。第二关是面对面的灵活口试，第二关的重要性在于，首先是可以对相貌外观、是否残疾等外在条件进行考察考核。其次是在二人对答中，可以考见男子对对子的能力和男子随机应变的能力，可以考见男子的禅趣神机，还有性格是否健全等。确实，这样的对答真是难得。第一轮对答是："小姐有福有寿，愿发慈悲；道人何德何能，敢来布施。"小姐是尊称，有敬意，可以奉承，祝她幸福长寿，可见他心地之善良。而苏小妹的回答则见问难的精神：你有何德何能，可以求得我的同意？第二轮对答是："愿小姐身如药树，百病不生；随道人口吐莲花，半文无舍。"秦观又运用了更上一层的奉承，你不但幸福长寿，还要百病不生，这样的美好言辞一般会获得对方的欢心，可是苏小妹不是那么容易被感动的，还是比较坚定地守着自己的阵地：随你如何机言巧语，我也不会轻易地被你动摇。第三轮对答是："小娘子一天欢喜，如何撒手宝山；疯道人忒地贪痴，那得随身金穴。"前两轮为陈述，语气平缓，这一轮则机锋顿起，对峙之态也露，秦少游的意思是：你如此尽兴，怎么舍得放弃宝山呢？苏小妹则反问：你这个疯道人怎么这样贪痴呢，不要因为这样而错失了就在身边的金穴！这一轮除了反问与对峙，更高的水平则是借禅理表明婚姻的态度：苏小妹你不要错过了我这样的才子。言下之意：我可不想失去你这样的佳偶，你有没有看上我呢？苏小妹的回答当然也非常有意思了。秦少游为此已经把持不住，不禁喃喃自语：疯道人配得小娘子，就是万千之幸了！就这样，面试也过关了。最后的考验，实际上就类似选秀节目中的真情表白，虽然苏小妹出的上联"闭门推出窗前月"看似容易实际却很难，但在苏东坡的帮助下，秦少游对出了"投石冲开水底天"的好下联。秦少游作的诗寄寓了"化缘道人"之意，解出诗中四个典故，对出了对子，这三道题目成功打开了通向洞房之门，"这一夜佳人才子，好不称意"，"自此夫妻和美，不在话下"。

三轮比试，打败其他选手，再通过面试，又经过最终考验，这种比诗招亲的过程比较复杂却又合理，符合当时的生活情景，同时也符合故事发展的逻辑。比诗的形式也是多样的，有笔试，自选题目，也有现场作答，不能做草稿，不准用代笔，也有作诗藏指定之意，有猜典故，有对对子。这种模式开创了才子佳人小说以诗招亲的创作模式。像《西厢记》张生与崔莺莺互寄情词的情节属于以诗传情类，婚姻成功与否，不以诗才高下或才情高低为转移，它的主要功能是传属意之情、相思之情。而比诗招亲在传情达意方面是其次，诗的主要功能在于能否判定你才情的高下，是否能胜出，是否可以作为夫婿。

在才子佳人类小说里，"比诗招亲"一般是女方及女方家长施行，主导者是女方或者女方家长。清代笔炼阁主人的《五色石》卷之一《二桥春》，记陶翁有双虹圃花园，借给黄生、木生读书，黄生貌美多才，木生貌丑才陋，木生常常仗着父亲是乡宦，窃取黄生作的诗词送给陶翁，并诬陷黄生。由于误会与顾虑，陶翁、陶小姐及夫人于二人之间难以抉择，于是采取比诗招亲的方式考察二人。第一轮是由夫人柳氏与陶小姐隔帘面试诗才，黄生立就，很快就把诗作好了。木生却多方推托，一个字也写不出来，这下子就能判别孰贤孰愚了。陶家选定黄生为佳婿，可是木生利用父亲的职权，从中作梗，几乎害死了陶小姐。第二轮则是笔试，木生抄袭黄生作品递给在宦职中的陶翁，陶翁从作品中看出了破绽，书中这样写道：

> 遂于灯下将一元所送诗词细看，见词中暗寓婚姻会合之意，欣然首肯。及见疏篱绝句，私忖道："用渊明东篱故事，果然巧合。但花色取黄之语，倒像替黄生做的，是何缘故？"

心中疑惑，乃再展那诗稿来看，内有《寓双虹圃有怀》一首，中一联云："离家百里近，作客一身轻。"陶公道："他是本地人，如何说离家百里？奇怪了！"再看到后面，又有《自感》一首，中一联云："蓼莪悲罔极，华黍泣终天。"陶公大笑道："他尊人现在，何作此语？如此看来，这些诗通是蹈袭的了。"又想道："黄生便父母双亡，百里作客，莫非这诗倒是黄生做的？况花色取黄之句，更像姓黄的声口。"又想道："木生若如此蹈袭，连那两词及前日这两首集唐诗也非真笔。只是他说夫人面试，难道夫人被他瞒过？且待夫人到来便知端的。"

这木生真是自己打自己的嘴巴，丑态毕露。这也难怪，木生全无诗才，根本不知道诗中寄寓了黄生自己之姓"黄"与"菊花"之色的联系，也表达了父母双亡、寄身百里的身世之感，他拿来当作自己的诗，与自己父母健在、身在本地的情况大相径庭，真是可耻！最终，陶家识破木生阴谋，选取了诗才高的黄生为婿。

"比诗招亲"也有以男方主导者。如清代白话小说集《人中画》之《风流配》篇，讲述司马玄对乡下才女尹荇烟有爱慕之心，诗扇往来间已倾慕，却又不能完全相信，于是请同僚吕柯到尹荇烟住处红荬村的浣古轩亲证。司马玄以诗择妻的形式是"比诗招亲"的变体，虽然没有竞争者，但这是主动以诗才试探是否能成配偶的别样写法。这样看来，诗才的高下成为才子佳人相对"自由"的婚姻选择手段。

古今民间故事里，也喜欢讲说比诗招亲的传说，如清代著名将领左宗棠通过比诗，赢得周家大小姐周诒端的青睐，得到了幸福的婚姻；清末小说《镜花缘》的作者李汝珍通过"悬诗招亲"的方式，与许家小姐成就婚姻。现当代也有一些节目以比诗招亲为噱头，可见比诗招亲情节模式的趣味性与吸引力。

三 古代小说与诗词的功用

　　小说的功能主要是讲故事，但是所有的故事都要有人物或背景，才能存在、发展。要塑造人物、描写环境、刻画场景，还要展示作者的观点与态度，这时候，诗词就显得不可缺少了，它成为重要的创作手段：以诗词描写、议论、抒情。描写的主要对象是人物、环境、场景与器物。议论主要用来评价历史人物事件的是非功过或得失成败。抒情主要是以人物题诗、酬赠、唱曲的方式抒发英雄豪杰或才子佳人的内心情感。

（一）无影无形捕风赋

　　古代小说诗词描写环境与景物时，能够将一些散文文字无法描述的事物清晰地勾勒出来，让人不用看也知道它写的是什么。如风，风是无影无形的，如何捕捉、如何描述？中国神话认为风由风伯操纵，风伯的感情自然施于风中，不过无人能见，仅为想象。中国古代文人是非常聪明的，早就有了这样的尝试，主要通过借实写虚的办法，将无形之风形象化。如庄子在《齐物论》中写道：

风吹草木图（蒙小玉）

夫大块噫气，其名为风，是唯无作，作则万窍怒号，而独不闻之翏翏乎？山林之畏佳，大木百围之窍穴，似鼻，似口，似耳，似枅，似圈，似臼，似洼者，似污者；激者，謞者，叱者，吸者，叫者，譹者，宎者，咬者，前者唱于而随者唱喁。泠风则小和，飘风则大和，厉风济则众窍为虚。而独不见之调调，之刀刀乎？

自然之气为风，是虚形。庄子通过散文的排比与比喻、拟人等手法，将风的声音模拟得惟妙惟肖，"鼻""口""耳"等象形化书写，则让风有了形的寄托，"叱""吸""叫"等神情则赋予了风立体的人性化性格，风被写实了。宋玉则专门写了一篇《风赋》，以辨大王之雄风与庶人之雌风。其中大王之雄风是这样描写的：

> 宋玉对曰："夫风生于地，起于青蘋之末。侵淫溪谷，盛怒于土囊之口。缘泰山之阿，舞于松柏之下，飘忽淜滂，激飏熛怒。耾耾雷声，回穴错迕。蹶石伐木，梢杀林莽。至其将衰也，被丽披离，冲孔动楗，眴焕粲烂，离散转移。故其清凉雄风，则飘举升降。乘凌高城，入于深宫。邸华叶而振气，徘徊于桂椒之间，翱翔于激水之上，将击芙蓉之精。猎蕙草，离秦蘅。概新夷，被荑杨。回穴冲陵，萧条众芳。然后徜徉中庭，北上玉堂。跻于罗帷，经于洞房，乃得为大王之风也。故其风中人状，直憯凄惏栗，清凉增欷。清清泠泠，愈病析酲。发明耳目，宁体便人。此所谓大王之雄风也。"

大家阅读这段赋可能有些困难，因为这是典型的炫才之作，生僻字太多了。可是只要有心，抓住关键字眼与宋玉的行文技巧，便能了解它的好处。大家应该注意到这篇赋用了一系列连贯的动作来铺排风形成的过程与去向：侵、怒于、缘、舞于、飘忽、激飏、回、蹶、伐、梢杀，这一串动词用于风起之后的动作与走向，从起初轻缓的动作开始，慢慢地变大，直到"梢杀"，其冲击力很强，动词后面是风施作的对象。同埋，"致其将衰也"后的动作即是风变化后的行为，是"发明耳目，宁体便人"的好风。后面还有一段铺排，写雌风的坏处，采用的艺术手法也与这段相同。庄子之风重声音的模拟，宋玉之风重动作与过程的描摹，共同的艺术启示是：借实写虚，通过有形之物来写无形之风。

通俗小说描写自然环境中的风的地方非常多。庄子与宋玉依据横溢的才情，得心应手地驾驭文字，使文章流传千古，而小说作者写风，更重取巧。取巧的表现，一是重复引用成作，稍加文字改易；二是引用巧体诗，如宝塔体，以此提高创新性和吸引力。

重复引用成作的主要有下面这些作品。"无形无影透人怀，四季能吹万物开。就地撮将黄叶去，入山推出白云来""风来穿陌巷、透玉宫。喜则吹花谢柳，怒则折木摧松。春来解冻，秋谢梧桐。睢河逃汉主，赤壁走曹公。解得南华天意满，何劳宋玉辩雌雄"被《清平山堂话本》之《洛阳三怪记》拿来形容"花园内起一阵风"。除了形容不可捉摸的风的形象外，其诗歌的艺术也非常独到，"撮将"与"推出"相对，"黄叶"与"白云"相生，让风不但有了形象，还有了动感之态，小说便活了起来。风有"喜""怒"之情，根据喜怒不同或吹花谢柳或折木摧松，运用拟人手法，说风"解得南华天意满，何劳宋玉辩雌雄"，使其有主动性，有主观意愿，给风之形象赋予了人之性情。《清平山堂话本》之《陈巡检梅岭失妻记》引用"无形无影透人怀，二月桃花被绰开。就地撮将黄叶去，入山推出白云来"形容"方丈里起一阵风"，"四季能吹万物开"的泛化描写变成了更为具体的"二月桃花被绰开"。"来无形影去不知，吹开吹谢总由伊。无端暗度花枝上，偷得清香送与谁"被《警世通言》之《福禄寿三星度世》拿来形容"白衣女士作法，念咒毕，起一阵大风"，"暗度""偷得""送"的动作拟人化，小品性格亦可见。"无形无影透人怀，二月桃花被绰开。就地撮将黄叶去，入山推出白云来"被《清平山堂话本》之《西山一窟鬼》拿来形容"吴教授家里起一阵风"，这些诗文字稍异，但是句式体裁相类，是编创者拿来之后稍作调整，重复的概率相当高。《金瓶梅词话》亦说："云生从龙，风生从虎"，青天忽然吹起的一阵狂风是"无形无影透人怀，四季能吹万物开。就地撮将黄叶去，入山推出白云来"。

通俗小说中除上述的以相近诗歌来形容风之外，还引用了更加有趣的风诗，这些诗多用巧休，如宝塔诗。

风　　风

荡翠　　飘红

忽南北　　忽西东

春开柳叶　　秋谢梧桐

凉入朱门内　　寒添陋巷中

似鼓声摇陆地　　如雷响振晴空

乾坤收拾尘埃净　　现日移阴却有功

　　这诗被《清平山堂话本》之《定山三怪》采用。宝塔诗，又叫一七体诗，从一字至七字，逐句成韵，层层推进，像滚雪球一样在灵动中越来越带上厚重感。又如电影镜头一样，由小及大，由模糊至清晰，视觉冲击明显，非常适合状物写景。由一字至七字，加上"荡翠—飘红""忽南北—忽西东"的摇曳，使风的姿态万方立现纸上，温柔的风慢慢变成了急速的节奏，"凉入朱门内—寒添陌巷中"。再变为激烈的荡击，"似鼓声摇陆地—如雷响振晴空"，最终，风平浪静，世界归于沉寂，于是"乾坤收拾尘埃净—现日移阴却有功"。与此前的绝句式诗歌相比，新鲜感、新奇感就被诱发了。同篇还有"春""松""庄""月""色"几处宝塔诗，使整篇小说的诗词引入增色不少。

　　又如明末周清源的《西湖二集》以西湖及杭州事为主，小说中有一篇《李凤娘酷妒遭天谴》，写的是宋代绍熙皇帝因贪看一个宫人的白手，摸了一下，宫人的双手就被酷妒成性的皇后李凤娘砍了，李凤娘将砍下来的手装在盒子里，送给皇帝看。小说描写皇帝当时惊倒的情形，用的也是宝塔诗：

恶　　　　恶

堪惊　　　可愕

笑中刀　　人中鹗

眉目戈矛　　心肠锋锷

杀戮同羊豕　　砍剁做肉臛

粉面藏着夜叉　　娇容变成鲛鳄
只因这一点妒忌　　便砍去两只臂膊

　　"恶"字突出当时的惊恐状，再而回神之后的愤怒心情为"堪惊—可愕"，再一想，为什么会这样？"笑中刀—人中鹗"，层层揭开，最后总结评论："只因这一点妒忌—便砍去两只臂膊。"太过分了！这首宝塔诗给读者带来如此强烈的心理冲击，就像电影镜头一样逼真。一字至七字，层层累积，层层加深，一口气抒发了对李氏"恶""毒"之不满，很有气势。李氏妒忌之气势及其毒辣之甚一览无余。

　　以上引的均是双宝塔诗，类似这样有意思的宝塔诗，还有不少，如《儒林外史》，却是单宝塔诗：

呆

秀才

吃长斋

胡须满腮

经书揭不开

纸笔自己安排

明年不请我自来

穷酸秀才图（蒙小玉）

梅玖听周进说他吃了十几年的长斋后，想起这首"笑话"诗来，念给大家听，引起众人大笑。试想，一个坐馆中的呆秀才，正在念打油诗，到底是什么样的情形？——形象外貌突出：胡须满腮；能力可见：经书揭不开；酸傻蠢笨行为：明年不请我自来。"吃长斋"也正合了"酸秀才"的俗称，多有喜剧性与讽刺效果，与《儒林外史》的整体讽刺格调一致。

除了上述的层进与变化特点外，每首宝塔诗的用韵特点也非常鲜明：用题作韵，读起来有如"鲲鹏展翅，扶摇直上"之感。历史上创作宝塔诗的人，多以争奇逞才为初衷，像白居易、张南史、令狐楚等著名诗词文人也制作过宝塔诗，趣味性极强。以"拍案惊奇"为使命的通俗小说在编创过程中，想方设法引入这样的特殊诗例，以示自己"曰得词，念得诗"的能力，以使人"新听睹""佐谈谐"。

（二）丑男丑女喷饭词

丑男丑到什么地步？丑女丑到什么程度？有诗为证！明末冯梦龙的《醒世恒言》之《钱秀才错占凤凰俦》描写颜俊之丑，用《西江月》词如下：

> 面黑浑如锅底，眼圆却似铜铃。痘疤密摆泡头钉，黄发蓬松两鬓。　　牙齿真金镀就，身躯顽铁敲成。楂开五指鼓

锤能，枉了名呼颜俊。

此赋采用夸张、比拟、铺陈的手法，以充满打趣、嘲讽的口气，全面铺排颜俊面容黑如锅底，还长满了密密麻麻的痘疤，眼睛像铜铃一样粗突，头发黄蓬蓬地散于两鬓，牙齿像镀了黄金般突兀，身躯像顽铁敲成一样冷硬，槎开五指就像可以用的铁锤一样，真是丑到了极致。全词通过颜俊面貌布局搭配的失调和黑面、黄牙色泽等对比，展现了一副极富违和感的面容，有悖中国传统的审美观。当代有一句歌词说："我很丑，可是我很温柔。"意思是外貌丑不要紧，只要内心温柔善良就好了。可是，颜俊不但外在丑陋，内心也非常龌龊，行为又十分怪异。只见书中描写道："那颜俊虽则丑陋，最好妆扮，穿红著绿，低声强笑，自以为美。更兼他腹中全无滴墨，纸上难成片语，偏好攀今掉古，卖弄才学。"你看，人丑还故意"穿红著绿"地打扮，卖弄身段，自身没一点才气，不好学，不学好，还喜欢卖弄才学，难怪有言：丑人多作怪。作者故意以颜俊丑陋的样貌与名字之"俊"形成对比，又催生另外一层喜剧效果。更可恶的是，颜俊还借貌美的才子钱青假相亲、假结婚，差点贻害佳人，还好恶有恶报，颜俊最终人财两空，自食苦果。这种内外的比照，更见其丑陋到可恶。这种丑是喜剧性人物的特征，读来倒是自得一乐。

周清源的《西湖二集》之《月下老错配本属前缘》，写宋代才女朱淑真的丈夫是"金罕货"，又叫作"金怪物"，因朱淑真前世为男子，曾诱奸了一主一婢，却抛弃了她们，被月老惩罚，让他转世为女子朱淑真，嫁给前世诱奸的女子投胎变成的金怪物。这金怪物"你道他怎么一个模样？也有《鹧鸪天》词儿为证"：

蓬松两鬓似灰鸦，露嘴龇牙额角叉，后面高拳强蟹螯，前胸凸出胜虾蟆。　　铁包面，金裹牙，十指擂槌满脸疤。如此形容难敌手，城隍门首鬼拿挝。

丑男图（蒙小玉）

将其丑陋的嘴脸与动物灰鸦、蟹螯、虾蟆或鬼怪相形，突出其丑陋的外貌之下的丑陋灵魂，视觉冲击威力很大，也暗寓"癞蛤蟆想吃天鹅肉"的意思。如此丑陋的男人却娶了内有才情、外有美貌的朱淑真，聪明女子配愚夫，强化了朱淑真面对错配前缘的无限悲愤之情，加重了人生悲剧的色彩。这种丑是悲剧的根源，读来徒增悲伤。还有一篇以"错配"为主题的小说也引用了一首"丑男赋"：

麻面乌须，好似蒲草倒生羊肚石；歪头对眼，犹如明珠
嵌就海螺杯。衣衫锦绣，状貌狰狞。赤发鬼才下梁山，丧门
神独来庭院。不是那蠢憨哥妄想胡媚娘，却好像武大郎寻来
潘大嫂。(《二刻醒世恒言》下函第二回《错赤绳月老误姻
缘》，清代心远主人编写，标榜模仿冯梦龙的《醒世恒言》，
实是借重其名以行于世)

这首丑男赋也运用了比拟、夸张、对偶、用典等方法，形容
小说中的丑男赫连勃兀，用蒲草倒生羊肚石、明珠嵌就海螺杯与
锦绣衣衫和狰狞状貌等对比，其反差效果明显，说明女主人公薛
阿丽被逼嫁给赫连勃兀，是何等悲愤，朱淑真还是前生造的孽，
可是薛阿丽就真的太冤枉了，因为纯属是月老气量狭小，致使错
系赤绳，真是冤从何来！书中原话如下：

扬州薛阿丽应嫁与来科探花、武陵桃源县人，姓梅、名
芝者为妻。月下老人……是那日韩氏夫人因题了红叶，得与
那才人于祐成婚。成婚之后，二人在灯下双双谢媒，倒不谢
我月下老，反题诗一首道："一联佳句随流水，十载幽期惬
素怀。今日得谐鸾凤侣，方知红叶是良媒。"为他这一首诗
得罪于我，我怪了他，要将他转世，系与那赫连勃兀的，倒
错把你的姓名系了去，是我错了。莫怪，莫怪！

书中简单地让薛阿丽转世再嫁原夫了局，这是小说的艺术加工。可实际上有多少错配，到哪里稽查！这样的丑陋，更增悲剧色彩。

清初小说家李渔的《无声戏》小说有篇《丑郎君怕娇偏得艳》，讲的是"福在丑人边"的故事。话说湖广有个财主叫"阙不全"，人丑得无以复加，全身又有毛病，"哪几件毛病？眼不叫做全瞎，微有白花；面不叫做全疤，但多紫印；手不叫做全秃，指甲寥寥；足不叫做全跛，脚跟点点；鼻不全赤，依稀略见酒糟痕；发不全黄，朦胧稍有沉香色；口不全吃，急中言常带双声；背不全驼，颈后肉但高一寸；还有一张歪不全之口，忽动忽静，暗中似有人提；更余两道出不全之眉，或断或连，眼上如经樵采"。这种长相与动作行为，真是怪异。且身上还有三种香气"口气、体气、脚气"。可就是这样的丑物，妻子却偏偏是绝代佳人、书香之家的小姐；且妻子不止一个，还得了三美！这三美最后不吃醋，还生了俊俏聪明的孩子，福禄不尽！据此认为，这是"美妻该配丑夫的实据"。无论作者如何标榜"教化""劝诫"之功，正如小说末尾评语所言："说救得人活，又笑得人死。"实是游戏之作。

那这样说来，世上有丑男，定生丑女，美妻要配丑夫，那么丑女该配美男么？世上本无丑女，如果东施不效颦，那就是梁鸿、孟光，后世将永远传扬她们的美德。如清初小说家李渔的《十二楼》，是一部以十二个有"楼"字的故事组成的小说集，其中《拂云楼》这一篇写裴七郎的妻子封氏，就是典型的不识世相，偏要出乖露丑的妇女代表，最终吓死了自己，成全了别人。小说中用一首《西江月》词形容其丑：

> 面似退光黑漆，肌生冰裂玄纹。腮边颊上有奇痕，仿佛湘妃泪印。　　指露几条碧玉，牙开两片乌银。秋波一转更销魂，惊得才郎倒褪！

这完全是女版颜俊，其面部肤色像黑漆一样，肌肤像裂开的冰一样，布满了黑纹，面上疤痕像湘妃竹一样斑斑点点，手指与牙齿的视觉效果极为吓人，造成"秋波一转更销魂，惊得才郎倒褪"的艺术效果。封氏出现在众人面前之前，有浮浪子弟故意用反话说"有个绝世佳人来了，大家请看"，等到封氏来到，大家一看，却是这副尊容，这就形成了巨大的反差，以便"使人辨眼看神仙、忽地逢魑魅，好吃惊发笑"。除了丑陋的外貌，封氏

丑女图（蒙小玉）

还有各种丑态："她状貌稀奇，又不自知其丑，偏要艳妆丽服，在人前卖弄，说她是临安城内数得着的佳人。一月之中，定要约了女伴，到西湖上游玩几次。"这"稀奇"二字真是神来之笔，骂人不带脏字，"不自知其丑""在人前卖弄"的行为说明封氏性格上的缺失。最终，封氏因淋了雨，又被丈夫诅咒，"郁闷填胸，病上加病，不曾睡得几日，就呜呼了。起先要为悦己者容，不意反为憎己者死"，封氏为憎己者死后，成全了裴七郎要再娶天下第一佳人的高傲之心，可见封氏多么悲哀。

当然，这篇小说还用了美丑对比的手法来增强这种丑态，那就是极尽笔墨褒扬佳人韦家小姐与能红婢女："只见那两位佳人合擎着一把雨盖，缓行几步，急行几步，缓又缓得可爱，急又急得可怜，虽在张皇急遽之时，不见一毫丑态。可见纯是天姿，绝无粉饰，若不是飓风狂雨，怎显得出绝世佳人。""缓行几步，急行几步"的体态何等高雅可爱！与封氏的狼狈何止天壤之别！又，封氏是貌丑心丑，自相形绌；裴七郎是貌美而心丑、念毒，自相矛盾，更为可恶。李渔小说与戏剧喜欢用戏谑言语，以达到"一夫不笑是吾忧"的艺术追求，这篇小说的这种创作倾向暴露无遗，可见游戏笔墨的取向，与前面朱淑真、薛阿丽等小说的悲剧导向不同。

其实早在唐五代变文中，就出现以韵文描写丑女容貌的片段，这说明美丑观念来源于佛教，是欲望的"执念"所致。如《丑女缘起》描写丑女的外貌是："女缘丑陋世间希，浑身一似黑纨皮。双脚跟头皴又僻，发如驴尾一枝枝。看人左右和身转，举步何曾会礼仪。十指纤纤如露柱，一双眼子似木槌离。"以上颜俊的样貌、裴七郎妻的外形与朱淑真丈夫的丑貌，都可以从这处韵文中找到影子，可谓将其容貌的丑陋刻画得淋漓尽致。这正体现通俗小说作为"俗"文学体格之代表，以俗为趣、喜剧化的审美艺术追求。

（三）山形水势收笔底

文学的景物描写功能是很强大的。汉大赋就完善了这种功能，汉魏咏物赋使这种描写达到了炉火纯青的境界。古代小说借用了这些赋体和手法，如冯梦龙的《喻世明言》之《张古老种瓜娶文女》，这篇小说虽然不是名篇，但可称为以诗词描写景物的代表性作品。其所描述的雪景、瓜园、热天、瓜、溪流、庄院、亭榭、大殿等，即是故事发生时设定之物理空间，雪天与瓜园之繁茂极异常，异常之处即是仙家显迹之兆；热天有凉瓜，正是人物心中所欲想的事情；在寻找妹妹的过程中，韦义方路上遇到的大溪、牧童骑驴吹笛的景象，正是仙家出没的迹象；神秘诡异的庄院、翠竹亭、大殿、生药铺，正是神仙藏头露尾的端倪。从开篇至结尾，数处环境与景物描写，都是时间、地点、人物活动转移的空间场所。

《西游记》作为神魔小说，写的是唐僧师徒的西游活动，其间所经历的奇山异水，还有国府、洞天、寺观、庄园、季节、时节等，也多用词赋描写。试看第一回《灵根育孕源流出　心性修持大道生》，至少引用了 7 处诗赋来形容花果山等山水洞天。小说写到四大部洲中有一个傲来国，"国近大海，海中有一座名山，唤为花果山"，接着用赋形容"真是个好山"：

> 势镇汪洋，威宁瑶海。势镇汪洋，潮涌银山鱼入穴；威宁瑶海，波翻雪浪蜃离渊。水火方隅高积土，东海之处耸崇巅。丹崖怪石，削壁奇峰。丹崖上，彩凤双鸣；削壁前，麒麟独卧。峰头时听锦鸡鸣，石窟每观龙出入。林中有寿鹿仙狐，树上有灵禽玄鹤。瑶草奇花不谢，青松翠柏长春。仙桃常结果，修竹每留云。一条涧壑藤萝密，四面原堤草色新。正是百川会处擎天柱，万劫无移大地根。

前面用对偶、对仗的四言、七言方式描绘了花果山所处之地的威、势，给人带来视觉冲击。接着描绘了这地方地理位置的特殊，再接着具体描写怪石、丹崖、峰头、石窟的奇削，还有林中、树上的奇珍异宝，瑶草、青松、仙桃、修竹的气质和特性，还从整体上描绘了涧壑、原堤的全景，最后进行了总体评价，"擎天柱""大地根"象征着孕育生命的神圣之地，花果山的灵根性便在景物的罗列中得到了暗示。

随着灵猴活动范围的扩展，他们来到了灵泉飞瀑处，为了描绘飞瀑之好水，也引用了一首诗歌：

> 一派白虹起，千寻雪浪飞。海风吹不断，江月照还依。
> 冷气分青嶂，余流润翠微。潺湲名瀑布，真似挂帘帷。

这首五律，开头用数字对偶的方式描写水的气势，用白虹与雪浪来比喻其色泽，"起"与"飞"描绘了瀑布的动感。后面六句也分别使用了对偶、拟人、比喻等手法来写色泽、形状、声音和水势等情形。灵猴们找到了居所的好处，又用赋描绘了花果山福地、水帘洞洞天胜景：

花果山水帘洞（蒙小玉）

　　翠藓堆蓝，白云浮玉，光摇片片烟霞。虚窗静室，滑凳
板生花。乳窟龙珠倚挂，萦回满地奇葩。锅灶傍崖存火迹，
樽罍靠案见肴渣。石座石床真可爱，石盆石碗更堪夸。又见
那一竿两竿修竹，三点五点梅花。几树青松常带雨，浑然像
个人家。

　　这赋除了对仗和四六式句式的运用，还大量使用了重复的手
法：石座、石床，石盆、石碗，一竿、两竿，三点、五点也非常
有趣味性，带来了活泼感，为日后刻画孙悟空的喜剧特性埋下伏
笔。小说还描写了灵猴们在这样的居所下，不用再受自然灾害之
苦，可以安身的华堂风景：

　　刮风有处躲，下雨好存身。霜雪全无惧，雷声永不闻。
烟霞常照耀，祥瑞每蒸熏。松竹年年秀，奇花日日新。

　　用铺排的方式列举了自然界对灵长类动物侵害最大的自然景
象：风、雨、霜、雪、雷。因有了洞天遮护，这些景象现在已经
无法伤害他们了，他们内心欣喜，又用美好的、对灵长类动物有
好处的烟霞、祥瑞、松、竹、奇花等事物渲染了宜居的快乐。于
是小说又描绘了灵猴们朝游花果山、暮宿水帘洞的快活，有七绝
描写四季风光：

春采百花为饮食，夏寻诸果作生涯。秋收芋栗延时节，冬觅黄精度岁华。

春、夏、秋、冬各有好景，人生足矣。可是灵猴有灵，想改变人生，于是打算"云游海角，远涉天涯"。灵猴辞别群猴后，历经磨难，来到西牛贺洲地界，看见一座高山秀丽、林麓幽深的好山：

千峰排戟，万仞开屏。日映岚光轻锁翠，雨收黛色冷含青。枯藤缠老树，古渡界幽程。奇花瑞草，修竹乔松。修竹乔松，万载常青欺福地；奇花瑞草，四时不谢赛蓬瀛。幽鸟啼声近，源泉响溜清。重重谷壑芝兰绕，处处巉崖苔藓生。起伏峦头龙脉好，必有高人隐姓名。

这里跟花果山、水帘洞一样清幽无比。灵猴在樵夫的指引下，终于来到了灵台方寸山、斜月三星洞，其胜境如下：

烟霞散彩，日月摇光。千株老柏，万节修篁。千株老柏，带雨半空青冉冉；万节修篁，含烟一壑色苍苍。门外奇花布锦，桥边瑶草喷香。石崖突兀青苔润，悬壁高张翠藓长。时闻仙鹤唳，每见凤凰翔。仙鹤唳时，声振九皋霄汉远；凤凰翔起，翎毛五色彩云光。玄猿白鹿随隐见，金狮玉象任行藏。细观灵福地，真个赛天堂！

这也是非常适合修炼的所在。你看，光第一回，就用这么多首诗赋描写了孙悟空所生活的地方胜境及所经历、看到的仙山洞府，这些赋都保留着文人赋的基本特征：对仗、比喻、拟人。但是又有《西游记》作为神魔小说的特性：诗赋无处不散发着仙佛的修身养性色彩，环境之奇异处处散发着得道成仙的世外方家之气。此后的九十九回也大量引用了这样的诗赋来描写物境，以达情境，再现意境。

在古代小说里，也有些环境描写以散文写就，也富有诗意美，如冯梦龙《醒世恒言》的名篇《卢太学诗酒傲王侯》，前半部以大篇幅描写卢楠花园啸圃，散文式描写不少，间有韵语，与情节内容结合得又非常好，还以环境景物衬托出人物性格特征，是一篇以环境描写出色获得称赞的好作品。啸圃是环境描写的主要对象，叙述者描写的顺序是：总瞰景观，然后借人物视角多层展现，最后又以总结收束。

> 楼台高峻，庭院清幽。山叠岷峨怪石，花栽阆苑奇葩。水阁遥通行坞，风轩斜透松寮。回塘曲槛，层层碧浪漾琉璃；叠嶂层峦，点点苍苔铺翡翠。牡丹亭畔，孔雀双栖；芍药栏边，仙禽对舞。萦纡松径，绿阴深处小桥横；屈曲花岐，红艳丛中乔木耸。烟迷翠黛，意淡如无；雨洗青螺，色浓似染。木兰舟荡漾芙蓉水际，秋千架摇拽垂杨影里。朱槛画栏相掩映，湘帘绣幕两交辉。

这首赋以传统赋赞的形式营造氛围，四六交替，整体敷衍园林清幽曲折之径，不落俗套，为主人公卢太学因放浪山水花草而得罪权贵致祸的主体故事做了总铺垫。

小说大篇幅描写卢太学花园之繁盛后，即引出关键人物汪知县，知县要看名园，又不舍得屈尊，只好先叫差人送信约日子。通过差人视角，第一次用限知视角展现了啸圃风光。接着仲春来临，桃花开时，差人再次入园，此时景观何其热闹。不过以三言两语渲染，以散文描写和诗歌咏叹相结合。

第三次再见，即在"春尽夏临"，莲花盛开的日子，见到了十多亩大的荷花池子，并与门公上了采莲舟，近距离亲身感受夏日荷花之趣，这时候的描写就繁复细腻了。人物下了采莲舟，登岸举目看亭子，周围十分精致，又感觉到清风吹送，荷花香气入鼻，十分惬意，其余环境之精美也非常人所能享受，与卢楠本人或观书或饮酒的形象相配，就是中过进士的官员也没有如此自在！虽是常用之四六式半散半韵之语，却从视角、触觉、感觉多角度工笔描述环境与人物活动，与叙述者总览并第一、第二次匆匆而看，景致又不相同。

经过差人视角，多次接触赏玩的前期铺垫之后，关键人物汪知县终于上场了，他久慕名园，又中过进士，有文才雅兴，这样的人真切地观察、感受了啸园的壮丽与清幽："一望菊花数百，霜英灿烂；枫叶万树，拥若丹霞；橙橘相亚，累累如金。池边芙蓉千百株，颜色或深或浅，绿水红葩，高下相映。鸳鸯、凫鸭之类，戏狎其下。"汪知县认真地看了园名牌匾，得出"山岭参差"的总体观感，再到菊花盛开的地方，只见菊花累累如金，与闲散的鸳鸯、凫鸭相衬，十分惹人喜爱。至此，按时间季节发展的环境铺排完毕，以差人眼中的啸圃之景与卢楠所见映衬，看出卢楠如梅花、桂花、菊花一样极富个性。转换限知视角，同时也以散文为先导，再以诗词咏叹相配，间以人物观察之视角欣赏，一路所见，移步换景，多角度、多层次展现了园中之景与景中之人，为故事烘托氛围，以人见景，以景见人。

最后，叙述者以极其惨淡的笔墨叙述了卢太学被汪知县陷害后园林景观败落之象："此时隆冬日短，天已傍晚，彤云密布，朔风凛冽，好不寒冷！"卢楠被捕之时，正值隆冬，天气寒冷，又将下雪，正是需要烤火取暖的时节，人却被抓走了。此前所渲染的一切美好之景物都被刻薄的汪知县毁掉了。此处写萧索颓败之凄清并不比后来《红楼梦》所写之"寒塘渡鹤影"逊色多少。此前何其热闹与风光，此时何其冷落与凄凉。整齐句式的散文与合声韵的韵文结合，叙述者总体观览与具体人物以限知视角多次、多角度观察相结合，营造了傲岸人物生活的场景，生活在诗一样环境的人物，以诗一般的心情生活在仙境中，如此情境，当归功于散韵结合与诗化的环境描写手法。

（四）是非功过有诗证

按宋代罗烨编写的《醉翁谈录》说，讲小说要评论，而"讲论只凭三寸舌，秤评天下浅和深"，"褒贬是非"，达到"讲论处不滞搭，不絮烦"的艺术水准。有意思的是，从总体上看古代小说，参与评论式的诗体主要是近体诗与偶句，特别是篇尾诗，基本上以七绝为主，言简意赅地对整个故事及其结局进行评价。

中国古代小说叙述者往往偏爱臧否人物，在臧否人物时总能反映叙述者的态度，以引导读者或听众思考，将主旨上升到某种是非道德高度。

首先，颂扬、赞美人物事件功绩，标举人物道德风尚，从正面树立可为型范的人物形象。宋元小说家话本集《清平山堂话本》之《阴骘积善》，写上京赶考的林积捡到了贵重的珠串，不是占为己有，而是归还失主。小

《醉翁谈录》卷一第 1 页
（古典文学出版社 1957 年版）

说末尾的诗评价林积是有德之人："林积还珠古未闻，利心不动道心存。暗施阴德天神助，一举登科耀贵名。""林积还珠"概括人物行为涉及的主要事件，"利心不动道心存"是林积拥有的主要道德特征，受赞扬。"暗施阴德天神助"是行善德、受好报的

因果，"一举登科耀贵名"是直接、具体的阴骘结果。评价人物道德思想需与人物的行为事件联系起来，既有概括式果报，也有具体、现实实惠作为报答行德之恩。

宋元小说家话本集《清平山堂话本》之《汉李广世号飞将军》写历史英雄李广将军一生功绩卓著，却不能封侯的故事。小说评价其功德的诗是："射虎英雄孰可加？君王抚背重咨嗟。高皇若遇封侯易，从此功名到底差。"李广连射两虎，深得汉文帝赞赏，此诗即为此事引发：李广生不逢时，箭术武功高强也难觅封侯。"差"和"易"二字十分恰当地反映发迹变泰与时运不济等民间思维，对李广难封的惋惜之情渗透字里行间。小说又描写汉文帝抚触李广背部的事情，为此感慨君礼之重，故有"君王抚背重咨嗟"句，原因是"那时文帝尊儒好礼，不尊武官，故发此言。乃李广命薄，不得加封"，既有对李广难封的整体认知，也有感叹英雄生不逢时的无奈与悲哀。由具体事件引发感慨，又兼及人物一生命运，对人物进行具体评价，又有整体性格命运交代，二者交替互用。

明末凌濛初编写的《拍案惊奇》之《张溜儿熟布迷魂局　陆蕙娘立决到头缘》，写陆蕙娘慧眼识英雄，放走了强盗即将要杀死的书生，并以身相许，最终获得幸福的故事。小说评价巾帼英雄陆蕙娘的诗是："女侠堪夸陆蕙娘，能从萍水识檀郎。巧机反借机来用，毕竟强中手更强。"从正面褒扬女性主动、大胆地决断，获得自己婚姻幸福的侠性，所以直接称陆蕙娘为"女侠"，

"堪夸"，褒扬的态度在第一句就开门见山地道出，那么她堪夸的地方表现在哪里？"识檀郎""巧机反借"等行为，都属"强中手"，作者巧妙地将评价寄寓于叙述的文字中，亦叙亦议。古代小说多以正面人物得善终善果，反面人物得恶报恶果来导向道德取舍，从诗歌辅助评议的结果来看，多以颂扬为主。人物行为结果与诗歌互相照应，具体与抽象双管齐下，相得益彰。

其次，否定、抨击人物不端行为，揭露其恶劣习性，批判反面人物形象，警醒世人。冯梦龙的《喻世明言》之《金玉奴棒打薄情郎》，写的是莫稽借重团头（乞丐头

金玉奴棒打薄情郎（蒙小玉）

领）的经济实力，又得团头女儿金玉奴的帮助考取了功名，但是莫稽竟背叛了金玉奴，将她推落水中以谋杀其命。后来金玉奴被权贵救起，并认为义女，配嫁的对象正是杀妻未遂再娶的莫稽。小说这样评价新婚之夜被金玉奴棒打后的负心郎莫稽："痴心指望缔高姻，谁料新人是旧人？打骂一场羞满面，问他何取岳翁新？"嘲讽由贫得贵的莫稽"痴心"妄想，以图攀高枝，却仍娶了弃妻的可笑行为，结果"谁料新人是旧人"，这首诗充满强烈

的讽刺与嘲笑意味。金玉奴对莫稽的打骂行为得到正面的肯定，更加突出了对莫稽行为的打击之心与谴责之情，这诗实际上是对负心男人的批判。

凌濛初的《拍案惊奇》之《乔兑换胡子宣淫　显报施卧师入定》，讽刺了铁生淫人妻女的下场："可笑铁生心贪胡妻，反被胡生先淫了妻子。正是：舍却家常慕友妻，谁知背地已偷期？卖了馄饨买面吃，恁样心肠痴不痴！"铁生贪恋他人妻子，结果色欲害己，通过通俗的"卖了馄饨买面吃"的荒唐比喻，表达了民间"偷鸡不得蚀把米"的因果报应思想，道出其"心肠痴"的性情，又是对"聪明反被聪明误"这种民间思维的最好注脚，这首诗大胆批判铁生的不洁行为，严肃指责其不端思想。

清代天花主人编写的小说集《云仙笑》第一册《拙书生礼斗登高科》，讲述曾杰、曾修两兄弟恃着自己才学和财力深厚，欺压穷困且拙劣的吕文栋，结果这样的高才之人却因房师争竞而落榜了，他们的仇敌吕文栋偏偏中了，于是用诗讥笑曾杰："为人切莫恃多才，也得天公照顾来。多少心机无用处，总成别人似神差。"虽然有宿命思想，却也切中曾杰之要害：恃多才。不但"才"不能恃，"财"也是不能恃的，因此劝诫世人，不要将心机用在没有用的地方，否则反而成就了别人的好事，自己就更吃亏了。

明末西湖渔隐编写的小说集《欢喜冤家》第十七回《孔良宗负义薄东翁》，就有诗评价居心不良的人物孔良宗："昨日金丝狗，去岁孔良宗。只为心轻薄，投胎报主翁。雪猫日月眼，前伏产房中。苏姨王楚楚，意与狗相同。"孔良宗趁家主出外，与他的少妾苏姨奸淫成孕，不义不忠；苏姨见孔良宗美貌多情，不惜以身勾引，不贞不洁。故此作者以诗抨击二人。小说中，有不少诗歌批判这样的人物的不端行为和思想。

也有一些古代小说只是就人物特有的行为性格进行评议，未涉及功绩或不端，仅表达作者对人物行为的态度。如明末周清源《西湖二集》第四卷《愚郡守玉殿生春》，正话讲述"无窍"之书生赵雄"天玄地黄，记得三两行"，人称"赵痴"，因此以笑话口号形式评论他："可怜赵温叔，也要赴科场。文章不会做，专来吃粉汤。"这诗抓住了赵雄只会对"两只烧鹅朝北走"的痴傻特点，又以"吃粉汤"为笑料，将赵痴的特点显露无遗。后来，试官汪玉山无意中点中了赵雄，十分懊悔，临安有人又传出笑话："赵温叔，吃粉汤；盲试官，没眼眶。中出天地玄，笑倒满街坊。"那汪玉山听了这个笑话，"几乎羞死"，笑话与汪玉山神情对照，更觉赵的"痴"无可救药。此处就具体人物发具体言论，只客观叙述，但从叙述效果来看，达到了戏谑、嘲讽效果，正因为世人眼光如此，而赵雄内心却明了因由，又特别收敛，所以为编创者设立之主题服务极为周到：敬惜字纸、修阴功，也能获得好运气。此篇主旨当然最主要是反讽科场世道不公："几曾见中进士的都是饱学秀才？只要命好，有甚规定？"所以用极痴愚之赵雄，却连连高中，且位极宰相的荒唐来证明。

也有拿正面人物相形或正、反面人物对比的臧否法。冯梦龙的《醒世恒言》之《郑节使立功神臂弓》评议人物诗歌为："郑信当年未遇时，俊卿梦里已先知。运来自有因缘到，到手休嫌早共迟。"这诗将郑信与善人张员外俊卿同时褒举，二人互相赏识、提举，共同富贵，虽有宿命、天定色彩，却是主要颂扬二人之间互相帮助的"因缘"关系。宋元小说家话本《清平山堂话本》之《错认尸》，讲述高氏"一时害了小二性命，疑决不下，早晚心中只恐事发，终日忧闷过日"，于前导语"正是"引导下，引偶句"高氏俱遭囹圄苦，好色乔郎家业休"，对人物高氏"害了小二性命"这一事件进行直接评议，也是对高氏行为的评述，同时也预示了乔俊一家及其家业将遭受灾难的结局，"害了小二性命"是高氏行为，却直接引发了乔俊一家灭门破产的故事高潮。高氏与乔俊行为有因果关系，在这句预示性偶句的评议中相形相显。周清源的《西湖二集》第四卷《愚郡守玉殿生春》，头回故事承上卷《巧书生金銮失对》之"祸钩"与本卷之"福咬"对照，先来一段散文评议："看官，你道同一咬人之物，一个咬出好来，一个咬出祸来，只这一口一尾，贵贱贫穷，天悬地绝，可不是前生命运。"散文设立议论主题，同一行为却可以生出不同结果，是天定。所以诗歌进一步强化这个主题："蝎子螫成贫士，蜈蚣咬出侍郎。世事千奇百怪，何须计较商量。"二人同为正面人物，同样经历受小物咬人之事，却承受不同结果，反观人物之祸福命运，于相形对比中刻画人物，达到喜剧效果。明末西湖渔隐的

《欢喜冤家》第十五回《马玉贞汲水遇情郎》，小说末尾引诗词为："因为王文不文，故使玉贞不贞。恶人杨禄不禄，施恩宋仁不仁。止有周全，果尔周全，完成其矣夫。"王文与马玉贞对照，杨禄与宋仁对照，周全与王文、马玉贞、杨禄、宋仁对照，善恶、贞仁对比，突出人物各自性格特征及结局，简洁而到位。

（五）一赋可摹旷夫怨女情

中国古代诗歌有含蓄蕴藉的风格特点，这种优点在古代小说描写男女欢爱场景时，便有了优势。尤其是旷夫怨妇的幽会，难以形容，赋便有含蓄描摹的功用。明末冯梦龙的《喻世明言》之《闲云庵阮三偿冤债》，写陈玉兰小姐才貌出众，父母要选具备这三个条件的男子做女婿：当朝将相之子、才貌相当、名登科甲人。因此蹉跎了岁月，玉兰小姐十九岁时，还没找到符合以上三个条件的夫婿，成了古代的"大龄女青年"，爱情受到压抑。元宵夜，听了邻居富家子弟、喜流连于风月的阮三郎的吹唱后，倾慕于他的才貌，竟然冒着破深闺戒律的危险，私赠阮三戒指，并且谋划私会，还好被陈太尉撞破，没有成奸。可是阮三无法割舍陈玉兰小姐的容貌，又想念她赠戒指的恩情，竟相思成疾，差点丧命。一个成了相思抑郁的旷夫，一个成了思念情郎的怨女。后来，阮三找朋友设计，约好在尼庵中相会。二人久旱逢了甘露，干柴遇上烈火，阮三在相会的过程中竟然命绝春闺。书中这样描写阮三与玉兰相会的感受是："其实畅快。有《西江月》为证"：

> 一个想着吹箫风韵，一个想着戒指恩情。相思半载欠安宁，此际相逢侥幸。　　一个难辞病体，一个敢惜童身；枕边吁喘不停声，还嫌道欢娱俄顷。

四个"一个"，充分描述了旷夫与怨女之间的情感，是双向的情投意合，不像许多古代小说多写的是男子思念女子或女子思念男子的单向恋情，所以这里重点突出相思半载、此刻欢娱短的激情，全赋生动描绘了情感受到高度压抑的青年男女，突然找到释放途径后感情爆发的震撼场面。赋虽然写二人云雨时的畅快之情，但采用的却是虚写技巧，并没有直白描摹。若写实了，就会变成艳情小说，这样的话，小说的艺术价值有可能因此而降级。在古代，男女非媒不嫁娶，阮三与陈玉兰的恋爱受到陈太尉的反对，所以，即使是真心相爱、共同追求幸福，这样的幽会也是要遭到唾弃的，因此涂上罪恶的色彩，最终以命丧为结局。

可是也有最后得到幸福的才子与佳人，曾经私许过，初试过云雨情，打破了"父母之命，媒妁之言"的封建禁锢律条。冯梦龙《警世通言》之《宿香亭张浩遇莺莺》，写的是西洛才子张浩，与殊丽非常的李莺莺在花园中相遇，一见钟情，情难自禁，相思一年，经反复赠诗，了解对方均是真心实意之后，确认了彼此感情，决定相爱。随着接触时间的加长，发现彼此真情后因阻碍太深而抑郁不欢——古代女子一直生活在深闺后院，不能与父兄以外的男子相见，容易患上抑郁症，若无意间看中了男子，相思成疾是极普遍的事。难怪作者开头有诗评论说："闲向书斋阅古今，生非草木岂无情。佳人才子多奇遇，难比张生遇李莺。"人非草木，孰能无情？所以即使将女子置于深闺，不让男子相窥，也有宣泄的缺口，能够像张生与李莺莺这样多情，又有奇遇的，在古代实属难得。后来，张浩与李莺莺得机私会，其他的才子佳人只能感叹"侯门深似海"，遗憾终身。这也正应了一句话：压抑越强烈，反抗也就越强烈。因此张生与李莺莺深深地感到自由交接之后的快乐："虽楚王梦神女，刘阮入桃源，相得之欢，皆不能比。"书中用赋描写了这场真心相爱的欢会：

> 宝炉搐红，麝裀吐翠。金缕绣屏深掩，绀纱斗帐低垂。
> 并连鸳枕，如双双比目同波；共展香衾，似对对春蚕作茧。
> 向人尤嬲春情争，一搦纤腰怯未禁。

前面四句描摹了相会场景的景物与陈设，"宝炉""绣屏""斗帐"等物品富于浪漫色彩，有如宫体诗的密丽。接下来的四句以四六相对的句式比拟二人的情态，将二人的爱比喻成比目鱼、春蚕的关系，最后两句仅以视觉与触觉的展现，突出莺莺的腰怯之态。整首赋虚化了当时的场景，虽然涉及了情事描写，却并不至于露骨，又能给读者留下想象的空间，不至于不能卒读。

才子佳人久别重逢图（蒙小玉）

凌濛初的《拍案惊奇》之《通闺闼坚心灯火 闹图圉捷报旗铃》，讲述家庭富贵的罗惜惜与诗书饱学却清贫的张幼谦之间的情事，二人是邻居，又是"同年同学，同林宿鸟"，像祝英台与梁山伯一样，真心相爱，私自许配终身，但求白头偕老。可是，由于罗家的反对与张家官职变动，以及张幼谦要去参加科举赶考，二人被迫分离。在此过程中，又因罗家父母给罗惜惜定亲，还产生了许多误会，幸好有诗词表明心迹，误会才得以消解。小说引用赋来描写二人解开误会后，尽情相会的场景：

> 一别四年，相逢半霎。回想幼时滋味，浑如梦境欢娱。当时小阵争锋，今日全军对垒。含苞微破，大创元有余红；玉茎顿雄，骤当不无半怯。只因尔我心中爱，拼却爷娘眼后身。

以"一"字总领，见其气势，以"四年"与"半霎"相对，使离别的久长与相聚的短暂形成鲜明对比，突出了二人离别的痛苦和相聚的珍惜。为什么要说相聚只有"半霎"呢？因为罗家已经定亲，两个月之后就要成亲了，罗惜惜认为只要还有机会，就姑且留着性命等等张幼谦，如果最后真的被逼嫁，她便一死以殉张幼谦，因此有珍惜眼前人的心思，所以赋中说："只因尔我心中爱，拼却爷娘眼后身。"果然，二人被父母发现，表明心迹，告到官府，还好，张幼谦据理力争，以才、情感动县官，官司才了结。后来，张幼谦高中功名，罗惜惜未死，二人得成佳偶。真是"好事多磨"，所以小说引诗一首说："漫说囹圄是福堂，谁知在内报新郎？不是一番寒彻骨，怎得梅花扑鼻香？"可见古代相爱男女结合的艰难，所以多"旷夫""怨女"，小说比较喜欢引用诗赋来形容二人得意相会时的快乐，以见二人情感需像梅花一样，经历过苦寒，才能得到独傲群芳的骄傲。

一些人误以为赋都是客观的描写，情感不明显，但事实上，很多小说的词赋却有情感倾向，能够表达作者的态度。如明末冯梦龙的《醒世恒言》之《陆五汉硬留合色鞋》，写潘寿儿以绣鞋为信物，与中意的风流男子张荩私约相会之期——也是因为没有办法像现代女性一样自由地恋爱——可是佳人多浩劫，这个信物被无赖陆五汉偷走了，半夜里，骗奸了潘寿儿，半年后事情泄露，陆五汉杀人，闹到官府被问成斩罪，潘寿儿羞悔不已，触阶而死，以悲剧收场。书中写陆五汉偷潘寿儿的诗赋是：

豆蔻包香，却被枯藤胡缠；海棠含蕊，无端暴雨摧残。鹌鹑占锦鸳之窠，凤凰作凡鸦之偶。一个口里呼肉肉肝肝，还认做店中行货；一个心里想亲亲爱爱，那知非楼下可人。红娘约张珙，错订郑恒；郭素学王轩，偶迷西子。可怜美玉娇香体，轻付屠酤市井人。

这篇赋赞以误会式含混写法，带上较强的思想感情倾向，对于单纯的潘寿儿，作者称之为豆蔻、海棠、锦鸳、凤凰、美玉，冠以一切美的事物；对于恶人陆五汉，作者比之为枯藤、暴雨、㑃鹞、凡鸦、屠酤，冠以一切丑的事物。陆五汉的行为是胡缠、摧残、占、错订等，从用词见叙述者褒贬之情，对陆五汉持批判态度，而对潘寿儿抱同情态度。

中国古代小说以诗赋代散文的场景描写，可以做到虚实结合，特别是男女欢会场景，用富于诗意的语言描写，可以避免散文的刻板平淡，又可免去流入扩张描写的嫌疑。有韵的诗赋，以铺排、虚写意境的手法，将难以启齿的话题引入朦胧而虚幻的境界，品位不至于低俗，可谓有功于文学品格。可以这么说，话本小说散韵结合的优势之一，就是避免直笔描写的尴尬，又带着朦胧美，是净化描写的成功手段，可谓老少咸宜。笔者认为，"千篇一律"的词赋描写，远胜露骨的散文描写、实录。因为这毕竟是文学作品，不能掺杂其他龌龊的因素；描摹性的宫体诗尚且受到非议，何况这是大众阅读的作品，如果满纸肉体横飞，社会风气必然败坏。如《金瓶梅》与其他艳情小说，虽然也有引用词赋虚化带过的，但更多的是赤裸裸的散文描述，因此长期受到诟詈。

（六）一曲道尽才子佳人心

才子佳人的婚姻、功业多不能遂其志，因此多会抑郁，抑郁之气多借诗词曲赋抒发，因此有"女子伤春""士子悲秋"的说法。英雄壮士总是壮志难酬，又面对生命无常的自然现象，亦会慷慨悲歌。中国古代小说以诗抒情的形式只有一种：借小说人物口吻进行赋诗言志或酬答言情。较典型的是曹操横槊赋诗、宋江浔阳楼头题反诗、林黛玉写《葬花吟》与《秋窗风雨夕》。

《三国演义》四十八回写到曹操，举百万雄师准备收服江南，面对美好的长江，如画的环境，心情极好，为情景所感触，情不自禁赋诗：

> 曹操正笑谈间，忽闻鸦声望南飞鸣而去。操问曰："此鸦缘何夜鸣？"左右答曰："鸦见月明，疑是天晓，故离树而鸣也。"操又大笑。时操已醉，乃取槊立于船头上，以酒奠于江中，满饮三爵，横槊谓诸将曰："我持此槊，破黄巾、擒吕布、灭袁术、收袁绍，深入塞北，直抵辽东，纵横天下：颇不负大丈夫之志也。今对此景，甚有慷慨。吾当作歌，汝等和之。"歌曰："对酒当歌，人生几何：譬如朝露，去日苦多。慨当以慷，忧思难忘；何以解忧，惟有杜康。青青子衿，悠悠我心；但为君故，沉吟至今。呦呦鹿鸣，食野

之莫；我有嘉宾，鼓瑟吹笙。皎皎如月，何时可辍？忧从中来，不可断绝！越陌度阡，枉用相存；契阔谈宴，心念旧恩。月明星稀，乌鹊南飞；绕树三匝，无枝可依。山不厌高，水不厌深：周公吐哺，天下归心。"歌罢，众和之，共皆欢笑。

曹操横槊赋诗图（蒙小玉）

相信大家早已熟诵曹操的《短歌行》，但是他在什么样的情形下写下这一首充满英雄气的慷慨之作？长期以来，估计读者均会疑惑：为什么作为军事家、政治家的曹操会写这样一首充满忧患的、文人气质极浓的诗歌？他为什么会发出"周公吐哺，天下归心"的呼唤？有心的小说家，在历史演义里为这首诗"演绎"了一个故事，追溯了《短歌行》创作的情景：曹操英雄勃发、谈笑风生的时候，明月之下却有乌鹊飞鸣离枝。曹操醉中奠酒江中，想到自己的丰功伟绩，眼看平定天下的理想即将实现，"对此景，甚有慷慨。吾当作歌"；可惜的是，本是乐歌，却成哀歌，"人生几何""何时可辍""枉用相存""无枝可依"等疑问，实际上有对生命无常进行哲理上的思索，突出了英雄的悲壮之情；聪明的刘馥点破诗中的哀语，竟然被恼羞成怒的曹操持所横之槊当场刺死。小说作者描绘这个情节的主要目的，就是刻画曹操忌才、奸雄的性格特点，但是客观上却刻画了一个诗人的情怀，有触景生情的怀抱，亦有英雄莽撞的醉后情态，文人气质与奸雄行为深度结合。如果从诗话的角度来看，也是为曹操《短歌行》诗寻找一个"诗本事"，以演义态度介绍了这首诗的创作背景。这是颇为典型的触景生情情节，典型的借小说人物以诗抒情言志的场景，给金戈铁马、征战杀伐的历史演义涂上一层温馨的色调，缓解了整个小说的氛围。

《红楼梦》第四十五回《金兰契互剖金兰语　风雨夕闷制风雨词》，则充分描绘了风雨夕闷制风雨词的情景：

这里黛玉喝了两口稀粥，仍歪在床上，不想日未落时天就变了，渐渐沥沥下起雨来。秋霖脉脉，阴晴不定，那天渐渐的黄昏，且阴的沉黑，兼着那雨滴竹梢，更觉凄凉。知宝钗不能来，便在灯下随便拿了一本书，却是《乐府杂稿》，有《秋闺怨》《别离怨》等词。黛玉不觉心有所感，亦不禁发于章句，遂成《代别离》一首，拟《春江花月夜》之格，乃名其词曰《秋窗风雨夕》。其词曰：

秋花惨淡秋草黄，耿耿秋灯秋夜长。已觉秋窗秋不尽，

那堪风雨助凄凉！助秋风雨来何速！惊破秋窗秋梦绿。抱得秋情不忍眠，自向秋屏移泪烛。泪烛摇摇爇短檠，牵愁照恨动离情。谁家秋院无风入，何处秋窗无雨声！罗衾不奈秋风力，残漏声催秋雨急。连宵脉脉复飓飓，灯前似伴离人泣。寒烟小院转萧条，疏竹虚窗时滴沥。不知风雨几时休，已教泪洒窗纱湿。

黛玉闷制风雨词（蒙小玉）

　　吟罢搁笔，方要安寝，丫鬟报说："宝二爷来了。"……黛玉自在枕上感念宝钗，一时又美他有母兄，一面又想宝玉虽素习和睦，终有嫌疑。又听见窗外竹梢蕉叶之上，雨声渐沥，清寒透幕，不觉又滴下泪来。直到四更将阑，方渐渐的睡了。

　　触景生情，因情生景，因情景生诗，因诗更触情景，景更触情之深处。窗外风雨声，正是心灵感触的最好物景，无限凄清，这些都是作诗的最佳媒介，而作诗又是与窗外风雨声相和鸣的最高境界。《葬花吟》和《秋窗风雨夕》都是林黛玉伤悼身世的经典之作，将那种抑塞之气和傲世态度浓墨铺写，又将苦闷、颓伤的孤独，以及无依无靠的少女情怀，还有生于世而前途渺茫、青春短暂、人之将逝的辛酸之情展露无遗。

　　除了以上经典抒情情节，还有小说以曲的形式抒情的，这类抒情方式多在话本小说或才子佳人小说中出现。明末金木散人的中篇小说集《鼓掌绝尘》第十二回《乔识帮闲脱空骗马　风流侠士一诺千金》，有"秦素娥又按着腔板儿唱道"语直接引出《闹五更》曲：

　　　　一更里，不来呵，痛断肠。不思量，也思量。眼儿前不见他，心儿里想。呀，空身倚似窗，空身倚似窗。你今不来，教我怎的当？你今不来呵，唔嗳喏，教我怎的当？

　　　　二更里，不来呵，泪点衾，纱窗外，月儿明。银盘照不见咱和你。呀，抬头侧耳听，听得打二更。枕儿旁边，缺少一个人。枕儿旁边呵，唔嗳喏，缺少一个人。

　　　　三更里，不来呵，泪点抛。纱窗外，月儿高。促织虫儿不住梭梭叫。呀，檐前铁马敲，檐前铁马敲。好一似陈抟，睡又睡不着。好一似陈抟呵，唔嗳喏，睡又睡不着。

　　　　四更里，不来呵，泪点滴。纱窗外，月儿西。花朵身子独自一个睡。呀，负心短行亏，负心短行亏。你在谁家，贪花恋酒杯？你在谁家呵，唔嗳喏，贪花恋酒杯？

　　　　五更里，来了呵，吃得醉醺醺。打着骂着，只是不则声。

声声问他，只是不答应。呀，吓得脸儿红，吓得脸儿红。短辛乔才，笑杀一个人。短行乔才呵，唔嗳喏，笑杀一个人。

诉罢离情呵，奴为你，受尽了，许多熬煎气。那一日不念你千千遍？呀，焚香祷告天，焚香祷告天。几时得同床共枕眠？几时得同床呵，唔嗳喏，同床共枕眠？

这曲子按五更顺序抒发情感，最后一段总结、总叹，情感浓烈。曲子描写的是思念情人的心情，以时间的转移为喻，人物思念的情感在递增。前四更写情郎不来时，自己心里如何想念，因想念而觉得孤单难挨，辗转难成眠，担心之态溢于曲子行间。又几次错听窗外的马蹄声，却不是情人到来的响动，因此又由思念而转生怨恨，设想着对方如何在外面拈花惹草，留恋贪杯，心里忍不住骂其"负心短行"。终于熬到五更，来是来了，可是喝得醉醺醺的，不禁气急败坏地又打又骂，可是对方却任她打骂，不做辩解，这下子免不得又爱又恨，爱恨交加的复杂心情展现无遗。最后的总结陈唱，抒发了费去多少思念、每日祈祷多时，才能求得同床的感慨，这正好阐释了"百年修得同船渡，千年修得共枕眠"的情理。全曲如元曲般赤裸裸地表白，加上"唔嗳喏"等语助词助情，带元曲泼辣味。

以曲，特别是以俗曲抒情，可能与民间歌谣的抒情性有关。《敦煌零拾》中的《叹五更》《十二时》，还有《敦煌掇琐》中的《五更转》都是通过分层、递进的方式抒发浓烈、大胆的情感。

可以拿具体作品比较一下，《思妇五更转》是这样的：

> 一更初，夜坐调琴，欲秦（奏）相思伤妾心。每恨狂夫薄行迹，一过挽人年月深。君自去来经几春，不传书信绝知闻。愿妾变作天边雁，万里悲鸟寻访君。二更孤，怅理秦筝，若个弦中无怨声。忽忆征夫镇沙漠，遣妾烦怨双泪盈。当本只言今载归，谁知一别音信稀。贱妾杖自恒娥月，一片贞心。独自空闲□，索取箜篌叹征余。为君王，效中节，都缘名刿觅侯。愿君早登丞相位，妾亦能孤守百秋。四更蓁竹弄弓商，□忆贤夫在渔阳。池中比目鱼，游戏海鸥……

文有缺漏，但是思妇怨怅的情貌毕备，整首曲子的风格面貌已经大致浮露。除此之外，古代小说还有很多地方借赠诗、酬答、联吟、题咏等形式抒写才子、佳人、英雄、豪杰的情怀。如冯梦龙的《醒世恒言》之《勘皮靴单证二郎神》，韩夫人"既厌晓妆，渐融春思，长吁短叹"，情怀难释，通过一首词来代言："任东风老去，吹不断泪盈盈。记春浅春深，春寒春暖，春雨春晴，都断送佳人命。落花无定挽春心。芳草犹迷舞蝶，绿杨空语流莺。玄霜着意捣初成，回首失云英。但如醉如痴，如狂如舞，如梦如惊。香魂至今迷恋，问真仙消息最分明，几夜相逢何处，清风明月蓬瀛。"小说人物借诗词以抒情的功能还是比较好理解的。

四　因诗生事——诗词裨益小说创作实例分析（上）

诗话是指评论诗歌、诗人、诗派及记录诗人故事的著作，它的特点是有故事性、趣味性，但篇幅短小。中国古代小说喜欢采纳诗话作为原始素材，编创出篇幅更长，更有故事性与趣味性的作品。如《本事诗·崔护》这则著名的诗话被《警世通言·金明池吴清逢爱爱》头回等改编成小说，或被小说作为典故征引多次，可以想见诗话与古代小说创作的关系。古代小说还从诗话"御沟红叶""红叶题诗""章台柳""人面桃花""乐昌公主破镜重圆""开元制衣女"等母题生发了不少小说，如《崔护觅水》（已佚）、《石点头·唐明皇恩赐纩衣缘》、《西湖二集·韩晋公人奁两赠》、《石点头·卢梦仙江上寻妻》等。诗话故事依赖小说这一载体传播，使得文人雅士所了解的文坛佳话，也被文字不通的俚妇估儿熟知他们的风流事体，因为小说具有这样的魅力与能力，正如章炳麟在为《洪秀全演义》作序时所说："诸葛武侯、岳鄂王事，牧猪奴皆知之，正赖演义为之宣昭令闻。"经小说"演义"之后，庄严的历史大事也能被"牧猪奴"这样无文化的群体所了解，这正是通俗小说的魅力所在。

　　诗话是关于诗的故事，每一则诗话就是一个故事，其结构是"诗＋话"，"话"是"故事"的意思，根据诗与事的内容比例看，诗正事偏，故事为诗歌的阐释服务，如"博陵崔护邂逅女＋诗：'去年今日此门中，人面桃化相映红。人面祇今何处去，桃花依旧笑春风。'"（《本事诗·崔护》）崔护邂逅女子的故事实际上为崔护的诗作注脚，是服务于诗的故事讲述方式。古代话本小说与诗话有一定联系，也是由"诗＋话"组成，不过是诗偏事正，诗为故事服务，如写柳永的话本小说《柳耆卿春风吊柳七》所引入的诗歌全是为了柳耆卿故事而服务。诗话除了为古代小说创作提供素材之外，还为小说编创故事、组织情节提供了非常有意义的启示，其最大的表现就是学诗话的写作理念：因诗生事。

　　所谓"因诗生事"是指某首（组）诗词对故事情节结构的组织、安排、联结起到关键作用的创作手法。古代小说的叙述时间是线性的、连贯的，按照故事的发生、发展、高潮、结局行进。情节型诗词引导的故事进展是因诗而生，因诗而进，因诗而合，以诗作结。诗与事，虚实相间，使叙事顺利进行。题壁诗、留书、签词、卦语、佛偈、仙诗等都有可能成为叙事进行的核心。

（一）因诗得荐遇

　　男女之间有诗作媒得成佳偶是十分文雅的事，同样，失意男子依靠诗歌表达怀才不遇的郁闷而受到君王或上司荐举，最终大展宏图、功成名就，也是一件得意的事。因诗得荐遇的称赏，在诗话、词话——评论诗词的内容、形式或记载诗词的作者事迹的书——也有记载，较著名的如宋徽宗年间阮阅编写的《诗话总龟》，是我国最早的诗话，书中的"自荐门"有云："苏麟为杭州属县巡检，范文正镇钱塘，城中兵官往往皆获荐书，独麟在外邑，未见收录。因公事入府，献诗曰：'近水楼台先得月，向阳花木易逢春。'文正荐之。"意思是说，范仲淹在钱塘做官时，城里的官员或兵士多得到范仲淹的举荐而升迁去了，只有苏麟这个在杭州所属的县城做巡检的，一直得不到升迁。苏麟借着一次到杭州城中办事的机会，特意献了一首诗，诗中有两句"近水楼台先得月，向阳花木易逢春"，暗喻人不同，为什么待遇差距这么大，范仲淹明白了他的暗示或者是提醒，马上就举荐了他。因诗得荐遇的故事带着浓浓的传奇性，因此传为文坛佳话。明代大诗人杨慎（即《三国演义》开篇词《临江仙》的作者）作的《升庵诗话》也有一则《近水楼台》，记载的也是此事。其实《诗话总龟》中的"知遇门""称赏门""投献门""警句门"之类的故事多记载的是这样的际遇。诗话记录这类故事时，重在对诗人才华的激赏，并没有更多地展开描写，情节性不强。小说则不同，拈来这些材料之后，往往"一涉细故，便多增饰，状以骈俪，证以诗歌，又杂诨词，以博笑噱"，进行了大量的细节加工，创作成故事曲折而又有感染力的艺术作品。

　　其中最著名的篇章是《喻世明言》之《赵伯升茶肆遇仁宗》，小说中的赵旭，字伯升，是西川才子。题眼在"遇"字，而遇的实现，正是因为赵旭在试卷中用"唯"字不当而落榜，落魄中在茶房的粉壁上题写了数首诗词，这些诗词被皇上察觉，保荐了他。最先的一首词是他刚从试场回来，自恃才高，料定自己必然高中功名，正得意扬扬，于是在粉壁上题词：

　　　　足蹑云梯，手攀仙桂，姓名已在登科内。马前喝道状元来，金鞍玉勒成行队。　　　宴罢归来，醉游街市，此时方显男儿志。修书急报凤楼人，这回好个风流婿。

　　这首词表达了料定自己姓名已在登科内的情景："足蹑""手攀"四字对偶，两词连用，表明速度之快，亦表明心情的畅快；有众多的伴随之人，在唱和声中，金鞍玉勒成群结队去饮宴，宴罢归来，醉游街市，多么的风光，可见功成名就的骄傲；正是男儿得意的时刻，不忘记写信回家告诉意中佳人，说我是个多么好的夫婿啊，可见结局的美满。"金榜题名时，洞房花烛夜"的得意之情溢于词中。可惜的是，面圣时因"唯"字之差，被仁宗质问，无言以对，落榜了。放榜前后心情落差如此之大，难免羞归故里，落魄不堪，郁闷之情无从抒发，朋友"遂乃邀至茶坊，啜茶解闷。赵旭蓦然见壁上前日之辞，嗟吁不已，再把文房四宝，作词一首"。云：

羽翼将成，功名欲遂，姓名已称男儿意。东君为报牡丹芳，琼林赐与他人醉。　唯字曾差，功名落地，天公误我平生志。问归来，回首望家乡，水远山遥，三千余里。

才子高中图（蒙小玉）

前三句表达了"我以为我必然高中了"的人生理想，可是实际上却意外无缘金榜，因此，接下来几句以"唯字曾差，功名落地""琼林赐与他人醉"的无奈，与前一首词所抒发的"足蹑云梯，手攀仙桂"的快意形成鲜明的对比，将罪责归于"天公"，不禁感叹"问归来，回首望家乡，水远山遥，三千余里"，写境，亦写心情，境界又极开阔，"三千余里"虚写的是景，实写的是功名的遥遥无期，功名不遂的伤感之情溢于词中。自此后赵旭落魄京城，"孤身旅邸，又无盘缠，每日上街，与人作文写字。争奈身上衣衫蓝缕，着一领黄草布衫，被西风一吹，赵旭心中苦闷"，落魄书生的情状现于纸上。他自己又写了两首诗、两首词，详细地表述了他"独坐清灯夜不眠""泪滴满青毡"的辛酸之情。读者阅至此处，同情之心油然而生，科举误人，掌权之人不识才子的批判思想顿生。

幸好，小说作者在用诗词大力渲染怀才不遇的悲惨之后，酝酿已久的情节进入了急转的关节：宋仁宗偶然间得到一梦，梦中"九日"之兆提醒他，"赵旭"的才情应该得到关注，于是宋仁宗装成白衣秀才，来到市井中察看，见到了赵旭所题的诗词，正巧赵旭拾得他的扇子，相见相遇，道出原委。赵大官人（对宋朝皇帝的称呼）暗授"西川五十四州都制置"的官谍，才得衣锦还乡，实现了"一寸舌为安国剑，五言诗作上天梯。青云有路终须到，金榜无名誓不归"的功名理想。这是多少文墨客朝思暮想的好事！

可是，还有很多文人挣扎在求取功名的水深火热的泥潭中。冯梦龙的《警世通言》之《俞仲举题诗遇上皇》极力敷衍了这种"因诗得荐遇"的情节，与《赵伯升茶肆遇仁宗》的叙事结构大约相似，编创方法相同。满腹文章的俞仲举进京城求取功名，不幸的是，旅途中生病，钱财用尽，蹇驴被变卖作行旅资费，穿着草鞋，背着书箱，独自前行，双脚鲜血淋漓，不禁作词慨叹：

> 春闱期近也，望帝京迢递，犹在天际。懊恨这双脚底，不惯行程，如今怎免得拖泥带水。痛难禁，芒鞋五耳倦行时，着意温存，笑语甜言安慰。　　争气扶持我去，选得官来，那时赏你：穿对朝靴，安排在轿儿里，抬来抬去，饱餐羊肉滋味，重教细腻。更寻对小小脚儿，夜间伴你。

酸楚之情透于词里行间："帝京迢递"表面写路途的遥远，实指皇帝的恩旨之远。于是详细地描写了秀才双脚，不习惯远行，受尽磨难，痛苦难言。只能用温言软语安慰双脚，实为自我安慰道：将来啊，若是我得高中，选了官职，一定赏你一双朝靴，并让你安坐轿中，不受苦楚，我尽情餐食羊肉，让你与我一起尝尽富贵滋味！不止这样，我还要找一双小脚来陪伴你，让你不再孤单！以人脚对话的小品文写法，描摹了俞仲举求取功名现实之路上的辛酸，诉说了他希图日后金榜题名、洞房花烛的人生理想。

可是，命运就这样捉弄了俞仲举，总因为时运未至，金榜无名，流落杭州，借酒浇愁，房租也付不起，被店主人王婆等嫌憎、辱骂、驱赶，真是"人无气势精神减，囊少金钱应对难"。王婆宁愿赔了银子，也要让俞仲举离开住店，当他从丰乐楼经过时，顿时动了吃个饱后跳下西湖寻死的念头。死前不忘题词《鹊桥仙》：

> 来时秋暮，到时春暮，归去又还秋暮。丰乐楼上望西
> 川，动不动八千里路。 青山无数，白云无数，绿水又还
> 无数。人生七十古来稀，算恁地光阴，能来得几度！

"来时、到时、归去"六字说明时间之久，"秋暮""春暮"
"又还秋暮"，以重复的序列建构说明努力的徒劳和无功而返、尚
未发达的悲哀；西川"八千里"说明了空间之远，其实是因为功
名不就，何以家回？"无数""无数""又还无数"，以递进的序
列表达了痛苦的程度，当然这是与自然景物比对后产生的感觉，
这无数的青山、白云、绿水等自然界事物与我何干？我只要一个
功名！"恁地光阴，能来得几度"，表达了必死的情志与无奈，怨
望之心透于字中，"胸中万卷，笔头千古，方信儒冠多误"的凄
凉基调何等浓郁。题完词，寻死觅活，装疯卖傻，放出无赖的气
势，何等激烈！还好，故事来了个大逆转，俞仲举的题词"惊动
圣目"，太上皇夜得一梦，贤人流落，怨气冲天，微服寻访，果
然见了俞仲举的诗，取到宫中看了看，命令孝宗提拔俞仲举，
让他"紫袍金带"，"授成都府大守，加赐白金千两，以为路费"，
终于衣锦还乡，一扫"举不成名归计拙，趁食街坊"的酸辛，何
等荣耀！

以"片言争敢动吾皇"的辞章得遇伯乐，得到圣君贤主赏

识，得遂了平生志向，最后衣锦还乡，这便是因诗得荐遇题材的
主要故事情节结构。因诗得荐遇式编创的小说，主要是满足市井
百姓发迹变泰的功名心理，叙述中细化了发迹前后的人情世故与
心态，表现了人间的辛酸与悲凉。于艺术效果而言，得遇之前的
落魄与无奈，发迹之后的意气风发，前后形成鲜明对照，使人物
形象形成巨大反差，再辅以诸如"前倨后恭"之类的人情世态的
描写，使小说具有了立体化的艺术效果，这是一种非常有激励意
义的小说题材。

（二）因诗得团圆

人生偶然错过就有可能造成终身悔恨，万一真的错过了，应
该如何弥补呢？有没有柳暗花明又一村的人生境界？峰回路转这
样奇特的情节也为古代小说所喜爱，因诗得团圆是古代小说写得
最精彩的题材之一。因诗得团圆典型的叙事艺术是：伏笔、铺
垫。题壁诗，那是因乱离而分别的男女，不知道对方生死存亡，
思念之间，不由自主地在墙壁上题诗以寄托情感，被对方或相关
的人看到以后，以此为线索寻找失踪之人，最后得以重逢、团
圆，"诗"是情节核。

明末冯梦龙的《喻世明言》之《杨思温燕山逢故人》以诗为
线索组织故事，它的原始材料为《夷坚志》丁集卷九的《太原意
娘》。《夷坚志》两次提到人物作诗，杨思温"见壁间留题，自称

太原意娘。又有小词，皆寻忆良人之语。认其姓名字画，盖表兄韩师厚妻王氏也"，"它日，但之酒楼，瞻玩墨迹，忽睹别壁新题字，并悼亡一词，正所谓韩师厚也"，这些素材只是提到了诗，却没有引录诗词原文。小说则将郑、韩二人作的诗词一一补写，王氏题的是《浪淘沙》："尽日倚危栏，触目凄然，乘高望处是居延。忍听楼头吹画角，雪满

《郑意娘传》封面

长川。荏苒又经年，暗想南园，与民同乐午门前。僧院犹存宣政字，不见鳌山。"韩题的悼亡词是《御阶行》："合和朱粉千余两，捻一个，观音样。大都却似两三分，少付玲珑五脏。等待黄昏，寻好梦底，终夜空劳攘。香魂媚魄知何往？料只在，船儿上。无言倚定小门儿，独对滔滔雪浪。若将愁泪，还做水算，几个黄天荡？"韩之"题字"是："昌黎韩思厚舟发金陵，过黄天荡。因感亡妻郑氏，船中作相吊之词。"除此之外，小说还加上一个情节，

描写杨、韩二人进入韩国夫人宅院时的所见和言行：

　　只见打鬼净净的一座败落花园，三人行步间，满地残英芳草。寻访妇人，全没踪迹。正面三间大堂，堂上有个屏风，上面山水，乃郭熙所作。思厚正看之间，忽然见壁上有数行字。思厚细看字体柔弱，全似郑意娘夫人所作。看了大喜道："五弟，嫂嫂只在此间。"思温问："如何见得？"思厚打一看，看其笔迹，乃一词，词名《好事近》：

　　往事与谁论？无语暗弹泪血。何处最堪怜？肠断黄昏时节。　　倚楼凝望又徘徊，谁解此情切？何计可同归雁？趁江南春色。

　　后写道："季春望后一日作。"二人读罢道："嫂嫂只今日写来，可煞惊人！"行至侧首，有一座楼，二人共婆婆扶着栏杆登楼。至楼上，又有巨屏一座，字体如前，写着《忆良人》一篇，歌曰：

　　孤云落日春云低，良人宵宵羁天涯。东风蝴蝶相交飞，对景令人益惨凄。尽日望郎郎不至，素质香肌转憔悴。满眼韶华似酒浓，花落庭前鸟声碎。孤帏悄悄夜迢迢，漏尽灯残香已销。秋千院落久停戏，双悬彩索空摇摇。眉兮眉兮春黛蹙，泪兮泪兮常满掬。无言独步上危楼，倚遍栏杆十二曲。荏苒流光疾似梭，滔滔逝水无回波。良人一去不复返，红颜欲老将如何？

韩思厚读罢，以手拊壁而言："我妻不幸为人驱虏。"

增加诗词之后，情文并茂，以凄美的诗词加上凄凉的环境，衬托出郑意娘与丈夫生离死别的痛苦与无奈，又带有人鬼殊途的神秘气氛。《菩萨蛮》一词，还在后文韩思厚背盟叛约，被郑意娘的鬼魂害死时再次出现，与前文互相呼应。当然，原素材中韩思厚再婚，是因为"无以为家"所至，是被动的，死也是"愧怖得病"而卒。但是小说却渲染了韩思厚看见女道士刘金坛的美貌时"已动私情"，加上看了刘金坛作的《浣溪沙》词后"尤增爱念"，并作词一首《西江月》，"拍手高唱"，轻狂之态毕露，也说明韩思厚背叛的可耻。难怪郑意娘如此痛心疾首，鬼魂出现，将二人置于死地而恨犹未消。可见，编创者是如何运用诗词提供线索，引出郑意娘与韩思厚，并且用诗词营造悲剧氛围，将人物的心情、心理及其变化用诗词展露，同时透露出人物将有什么样的结局。而《菩萨蛮》的再次出现，简直是袅袅遗音，国破家亡、生离死别的忧伤，久久不散。

明末凌濛初的《拍案惊奇》之《顾阿秀喜舍檀拿物　崔俊臣巧会芙蓉屏》，写崔俊臣赴任途中，被顾姓船家谋财害命，撩下水中不知存活，只留下妻子王氏做活口。后王氏趁机逃跑，得一座庵院收留。后来顾姓船家将崔俊臣之物芙蓉屏捐给庵院，王氏在芙蓉屏上题了一首《临江仙》，词如下：

少日风流张敞笔，写生不数今黄筌。芙蓉画出最鲜妍。
岂知娇艳色，翻抱死生缘？　　粉绘凄凉余幻质，只今流落
有谁怜？素屏寂寞伴枯禅。今生缘已断，愿结再生缘！

前两句以张敞、黄筌的典故说明崔俊臣与王氏"夫妻两个真
是才子佳人，一双两好，无不厮称，恩爱异常"的前情，次三句
说明现在的王氏跟芙蓉的鲜妍、娇艳相比，那么失色，无端受
难，无人怜爱，是那么无奈，再次三句说明王氏流落庵院的凄凉
之情，后二句说明王氏之志，今生缘已尽，愿结来生缘。整词透
露出王氏的心迹与才情。可巧的是，这幅题了王氏诗的芙蓉屏，
又被人送给御史大夫高公，恰好又被获救之后靠卖字画以度日的
崔俊臣看见。正因这幅屏风和这首词，崔俊臣最终找到了王氏，
二人重会。故事的结局，当然是报仇雪恨，夫妻终老之故套。但
是，利用巧合的机关，通过一幅屏风的来龙去脉及词的源头，最
终找到分离之人，勘破劫案，可谓独具匠心。"世间好事多磨"，
崔俊臣与王氏的重聚好事，即是通过芙蓉屏失落讲述二人由合而
分离的故事，又通过芙蓉屏所题之诗，二人得以重谐，由离而
合，分合的过程中，二人饱受艰辛，备受煎熬。芙蓉屏所题之诗
乃是最终完聚的"连续点"，否则二人只能历尽"磨"难而不能
重会，那就不是"好事"了。

李妙惠金山寺题诗图

明末天然痴叟的《石点头》之《卢梦仙江上寻妻》，再次将这种叙事手法拿来，演绎了一个悲欢离合的婚恋故事。李妙惠命运多舛，听到夫婿沉船之后，"自想，幼年丧母，早年丧夫，又遭此凶荒，孤穷之命，料想终身无好处。若一嫁去，又变出些甚么事故，岂不与今日一般吗？为此不如寻个自尽，倒得早生净土"。后来被坏人骗卖，可巧得遇谢启的继母艾氏收留，在游金山寺时，李妙惠"有事关心"，即于壁上题诗一首："一自当年拆凤凰，至今消息两茫茫。盖棺不作横金妇，入地还从折桂郎。彭泽晓烟归宿梦，潇湘夜雨断愁肠。新诗写向金山寺，高挂云帆过豫章。"这首诗前两句简单地追溯了夫妻二人消息两茫茫的经过，中间四句写她的心情与愿望，以及孤独的情绪。最后一句表明了行迹去向，为下文卢梦仙寻找李妙惠留下了可蹑迹追踪的信息。其实信息最明显且最能体现李妙惠"有心"的聪颖之性的是"题罢，后写扬州举人卢梦仙李妙惠题"一着，这样一来，经过这里游玩的卢梦仙，看到这首诗后，一方面为妻子无恙而欣喜，一方面又感叹妻子已经落入人手，无从问觅。当他顺风顺水，不觉间到了江西，才幡然明白李妙惠诗的意思："今想诗中彭泽潇湘豫章之语，我妻子多因流落在此"，果然，在古押衙一样的苍头的帮助下，终于找到了李妙惠。原来，传言中死去的是"举人"卢梦仙，不是李妙惠夫"进士"卢梦仙，不死的卢梦仙派了徐布政的苍头，到江上借卖酒唱李妙惠的诗，被李妙惠听到后，真相揭露，缘由清楚，于是夜遁归夫，又得目前的丈夫谢启前往卢梦仙处，表白李妙惠坚贞不屈、白璧无瑕、矢志不辱的气质，二人真是喜不自胜。小说结尾"又有人步李妙惠金山壁上元韵以颂其操，诗云：一自当年拆凤凰，浔阳西畔水茫茫。题残鱼素先将父，泣罢菱花未死郎。异榜信传同姓字，卖盐人有淡心肠。方知完璧人间少，彤管增辉第几章"。卢梦仙与李妙惠的重逢只不过是巧合，这首诗表明，偶然的完聚并不能改变世间多离别的事实。因为像卢梦仙一样异榜同姓的人并不多，像谢启继母一样开明的人更不多，所以说："方知完璧人间少，彤管增辉第几章。"是啊，又有多少像李妙惠一样能够彤管增辉的女性？由此可见，因诗得团圆的小说，表面上是喜剧，内里却蕴含着悲剧的氛围。你看，郑意娘、王氏、李妙惠等女子在团聚的这中间，经受了多少波折与磨难？那些运气与才情远不如这几人的妇女，又该是什么样的结局？肯定是被乱军杀死或做了船家的媳妇、商人的姜妇，诸如此类。这就是明明是因诗得团圆的故事，而我们读后却依然哀叹不息的缘故。

因诗得重逢、重遇，题壁诗的妙用即在此。这种题壁（屏风）诗，在小说情节发展中往往可以预示情节发展，使情节前后照应，结构完整，从而增强故事的传奇色彩，以达到"惊奇"的审美境界。同时，巧合也是这类因诗生事类小说叙述的手段之一，巧合和诗词线索共同配合，才能解开谜底。

（三）因诗解悬念

古代小说喜欢运用诗词来预示情节的发展，我们称这些诗词为预兆型诗词。预兆型诗词有两种作用，一是就具体某事件的行进预示人物即将采取的行动或者事件的直接结果；二是以签词、偈语、卦言、神怪授诗等形式预言人物故事结局。古代小说以诗为谶者则更富细节，人物故事相对完整。

所谓"谶"本指秦汉间巫师、方士编造的预示吉凶的隐语。现指将要应验的预言、预兆，有通过图画或文字等方式预言的。"一语成谶"是指一句不好的话说中了，多形容"不幸言中"的事情。"诗谶"是指所作诗无意中预示了后来发生的事。死于诗谶的诗人历来都有，如崔曙是唐朝宋州人，开元二十六年（738）

进士，有《奉试明堂火珠》诗："夜来双月合，曙后一星孤"，从此得名。只可惜第二年就死了，并遗下一女儿星星，这就是死于诗谶的一个例子。又如现当代大诗人徐志摩，生前曾写过一首《想飞》的诗，不久中谶，死于飞机失事。

谶谜、伏笔、悬念，是作为预兆诗词展开故事组织的关键词，往往暗含着宿命思想。这种设置悬念的方式主要通过卦语、诗谜、签词、偈语、仙诗、石刻等埋下伏笔，伏笔解开，诗词谜底揭开，故事真相涌现。这是真相大白式叙事方式，设置越多的谜团，情节出现越多阻滞，其进展越慢；谜团解开，情节继续行进。有的则用于预言即将发生的故事，人物即将面临的命运、遭际、结局，也有的用来为历史事件的运程转换做铺垫。中国叙事学称之为伏笔，西方叙事学称之为预叙。

诗谶、谜语式诗词隐含故事情节的关键线索。明末冯梦龙的《警世通言》之《三现身包龙图断冤》，以占卜加诗谜设置的手法来展开叙述，来源于包公案材料。听说东京开封府有个十分灵验的卖卦先生李杰，有一天奉符县里第一名押司孙文（即大孙押司）来算命，李杰坚信孙押司"这命算不得"，在孙押司的坚持之下，他写出这样的卦辞："白虎临身日，临身必有灾。不过明旦丑，亲族尽悲哀。"意思是说白虎临身的日子，孙押司一定有灾难，时间不过明天丑时，孙家的亲族一定会为此感到悲哀。真的有这么玄吗？孙押司一点也不相信！所以与卖卦先生吵了起来：

　　押司看了，问道："此卦主何灾福？"先生道："实不敢瞒，主尊官当死。"又问："却是我几年上当死？"先生道："今年死。"又问："却是今年几月死？"先生道："今年今月死。"又问："却是今年今月几日死？"先生道："今年今月今日死。"再问："早晚时辰？"先生道："今年今月今日三更三点子时当死。"押司道："若今夜真个死，万事全休；若不死，明日和你县里理会！"先生道："今夜不死，尊官明日来取下这斩无学同声的剑，斩了小子的头！"押司听说，不觉怒从心上起，恶向胆边生，把那先生捽出卦铺去。

　　这个卦辞成为小说作者设置的第一个大谜团，拉开这桩公案的序幕。小说接着写道："孙押司只吃着酒消遣一夜，千不合万不合上床去睡，却教孙押司只就当年当月当日当夜，死得不如《五代史》李存孝，《汉书》里彭越。"进一步透露出孙押司一定死于非命的信息。果然，孙押司真的在预言的时辰死了，按理说，除了听者赞叹相士的术数高明之外，故事也就结束了。可是，旁观者不禁要问：真的吗？为什么？情节设置之谜团有高度发展的潜能：叙述者讲这个故事不是为了宣扬相术高明，而是为了讲述一桩情杀公案。更何况，一个谜团未解，又设了另一个小谜团，也是一个预言："大女子，小女子，前人耕来后人饵。要知三更事，拨开火下水。来年二三月，句已当解此。"前一个谜团是后一个谜团的起因，后一个谜团是解开前一个谜团的关键。

连环式的谜团设置，使关子越卖越多，关子越多，故事就久长，听众和读者的心理期待就越高；可是如果关节设得太过隐晦，必然会使听众失去期待耐力。因此，谜团是一定要随即解开的，于是叙述者使用倒叙、补叙的手法解开后面的谜团。当包龙图"掇开火下水"时，真相马上大白，原来孙押司是被同一衙门的另一个姓孙的押司（即小孙押司）与妻子共同谋杀了：

> "大女子，小女子"，女之子，乃外孙，是说外郎姓孙，分明在大孙押司，小孙押司。"前人耕来后人饵"，饵者食也，是说你白得他的老婆，享用他的家业。"要知三更事，掇开火下水"，大孙押司，死于三更时分，要知死的根由，掇开火下之水。那迎儿见家长在灶下，披发吐舌，眼中流血，此乃勒死之状。头上套着井栏，井者水也，灶者火也，水在火下，你家灶必砌在井上，死者之尸，必在井中。"来年二三月"，正是今日。"句已当解此"，"句已"两字，合来乃是包字，是说我包某今日到此为官，解其语意，与他雪冤……押司和押司娘不打自招，双双的问成死罪，偿了大孙押司之命。

这时候，读者悬念多时的谜团有了答案：原来孙押司是被老婆与奸夫合伙害死的。只有这样，蓄意安排的情节才能达到最佳效果。所以作者趁这样的结局告诫读者："诗句藏谜谁解明，包公一断鬼神惊。寄声暗室亏心者，莫道天公鉴不清。"千万别做亏心事，不要以为神不知鬼不觉，只要你做了，总有一天会被发现的！尤其是有包公这样的神探官员当政，别心存侥幸！

明末周清源的《西湖二集》之《吴越王再世索江山》，书中的"天目山垂两乳长，龙飞凤舞到钱塘。海门一点异峰起，五百年间出帝王""日日草重生，悠悠傍素城。诸猴逐白兔，夏满镜湖平"，是预言历史鼎革的谶诗歌谣。"此时正是五百年之期，该出帝王之时"，"人不晓其词。董昌败后，方知草重是'董'字，日日是'昌'字；素城是越州城，隋越公杨素所筑也；诸猴者，猴乃钱镠生于申也；白兔者，董昌生于卯也；夏满者，六月也；镜湖平者，董昌六月败死于镜湖也"，无论是后文解开谜团，还是事后作解释，都以这些诗谜使历史神秘化。《喻世明言》之《汪信之一死救全家》的"二六佳人姓汪，偷个船儿过江。过江能几日？一杯热酒难当"谣言，早早给历史事件的定数作了预示。对于叙事来说，既是伏笔设疑，也是谜底解答，使情节内容有一定阅读障碍，读者自然被吸引住了。

有些小说设置一些诗词，不仅预示情节的行进，而且还预示着人物即将面临的命运与结局，情节就按所引的诗设计而铺开。明末冯梦龙的《醒世恒言》之《钱秀才错占凤凰俦》，叙丑男颜俊贪慕高家小姐美貌，请远亲尤辰做媒，但是又怕媒人不尽心得不到佳人，一夜睡不好，第二天早早起床，到关圣庙中求签，其签诗是："忆昔兰房分半钗，而今忽把信音乖。痴心指望成连理，到底谁知事不谐。"看了这首诗的"乖""痴心""事不谐"等词，应该知道这预示着事情办不成。可是有公子病的颜俊当然不肯相信了，因此大发雷霆；可是回家拿镜子照照自己的尊容，单从相貌看，又坚信自己确实是不可能高攀高家小姐了。故事至此也应该有个了结了，怎么办？作者由这首预言着不可能实现婚配的诗开始，设计另外一种发展思路：请面貌俊俏的表弟钱青代相亲、代娶亲，这样总可以了吧？可是天意岂能违令？最终，一阵大风，一场雪花，把接亲的钱青送进了女方的洞房；虽然未偕鸾凤，但是不免一场争吵，几方当事人纷纷进了公堂。最后官府将高小姐配与钱青，颜俊"痴心指望"，"到底事不谐"，正是意料之外，情理之中。签诗明明预示着不可能的事情，最后结局也是事不成，看似没有叙述下去的必要，可是叙述者别出心裁，由签诗的"不可能"出发，巧妙地设计了一系列意外事件，使预言着不能实现的事情敷衍到即将成功的时候，忽然又打住了，回到签诗的结局。将不可能的事情说得滴水不漏，不可谓其叙述手段不高明。又如明末凌濛初的《二刻拍案惊奇》之《韩侍郎婢作夫人 顾提控掾居郎署》，也以签诗卜婚姻是否成功。除了引用同上一首"忆昔兰房分半钗"说明"不是我的姻缘"，还有其他两首签诗，分别预示着"不是姻缘""直待春风""另该有主"。于是，韩侍郎认妾为女，以待将来为她寻配真正的丈夫。情节的设置、人物命运与结局，当然是按照签诗预言设计发展，用故事验证签诗预言之正确；名义上是为了验证签诗的威力，实质是情节发展的必然，不过往往以签诗形式增加一些神秘气氛引人注目，从效果来说，这是一种行之有效的预叙。

（四）因诗多失误

如前所言，因诗生事的小说情节编织非常有逻辑性，多为伏笔或预兆。可是有些小说在模仿与运用这种手法时，却没有达到一定的艺术高度。因为他们的故事组织

《聊斋志异》同题材故事
《玉箫再世》连环画

能力远不如前面的作者，所表达的主旨也不够健康，或者说是没有编造出具有永恒意义的作品。有的签诗预言性质较玄虚，为宣扬因果、仙道而设。明末冯梦龙的《醒世恒言》之《薛录事鱼服证仙》，讲述好端端的薛少府忽然就病了，嘴里还说了"不好的消息"。在老君庙求下一签，签诗道："百道清泉入大江，临流不觉梦魂凉。何须别向龙门去？自有神鱼三尺长。"这"鱼"是什么意思呢？签是吉还是凶？正如薛夫人思想的"好生难解"，心上就如"十五六个吊桶打水，七上八落"；医家李八百也明言，

老君庙的签，"须过后始验"。估计读者听众也会犯疑：到底灵验
不灵验？随着情节的铺开，原来是薛少府在梦中，自己变成了鱼
身，被同僚捕杀，同僚在杀鱼时，丝毫留情的想法也没有，使他
看透世情，最终修道成仙，"梦""鱼"等相对隐晦的预言也解明
了。这就成了预言类的定式：情理之中，意料之外。明末天然痴
叟的《石点头》之《玉箫女再世玉环缘》，写唐代大诗人韦皋以
玉环留别所恋女子玉箫，约以迎娶之期，玉箫久等不来，转问神
仙，求得签诀："归信如何竟渺茫，紫袍金带老他方。若存阴德
还天地，保佐来生结凤凰。"玉箫只看到签中"不来"之意，却
未能理解"来生结凤凰"的真谛，直到后来韦皋娶了手上有一肉
环的妾氏，才知道是玉箫转世，这是命定的来生缘。

有些谶语与诗谜预示情节的发展只能自然结束，人力不能更
改。《喻世明言》之《陈从善梅岭失浑家》（《清平山堂话本》之
《陈巡检梅岭失妻记》），叙陈辛在梅岭之上，他的妻子张如春被
妖猴摄去，第二天问卦，判词为："千日逢灾厄，佳人意自坚。
紫阳来到日，镜破再团圆。"第一句是指张如春当有三年灾厄，
第二句预示着张如春坚守贞节，第三句指解救厄难之主是紫阳真
人，第四句说故事结局是夫妻团圆。这种预言，事实上对情节悬
念设置或故事叙述并无关键作用，文中紫阳真人也说："他妻合
有千日之灾，今已将满。吾怜他养道修真，好生虔心。吾今与汝
同下凡间，去梅岭救取其妻回乡。"这就意味着，人物的结局不
是故事情节发展的自然结果，而是上天磨炼其意志的安排，只有

灾难承受的期限过去了才能解决，人力不能改变。宿命观念、修真程度决定了人物的命运，也是情节的终结。这种预言诗，不再是情节设置的依据，而是情节发展的结果。篇尾还有一首诗来点拨："三年辛苦在申阳，恩爱夫妻痛断肠。终是妖邪难胜正，贞名落得至今扬。"《喻世明言》之《李公子救蛇获称心》也有这种诗谜。称心获李元救命后，被父母派来报恩，三年期满辞归，腾空而去，飞下一笺，有诗云："三载酬恩已称心，妾身归去莫沉吟。玉华宫内浪埋雪，明月满天何处寻？"这首空中来诗揭了谜底：为什么称心会与李元结合三载，三载期满必须离去。这种诗谜式仙偈用来总结情节的缘由及解开谜团。同样，《喻世明言》之《宋四公大闹禁魂张》有宋四公行偷以后，在壁上留诗："宋国逍遥汉，四海尽留名。曾上太平鼎，到处有名声。"这是藏头诗，诗句首字藏"宋四曾到"谜底，情节设置的意义也不大，仅是揭开谜底的把戏。

　　有些仙语佛偈，也对世间的人物、事件、命运作一定的预言，不过这些都是磨炼道心的考验，也有命定色彩。人物多是佛道人物、术士、相士、高明人士，多以"逢""遇"开头，在宣扬升仙得道情节时引用。《喻世明言》之《明悟禅师赶五戒》的"逢永而返，逢玉而终"，《醒世恒言》之《吕洞宾飞剑斩黄龙》的"斋道欲求仙骨，及至我来不识。要知贫道姓名，但看绢画端的"、《一文钱小隙造奇冤》的"寻真要识真，见真浑未悟。一笑再相逢，驱车东平路"、《李道人独步云门》的"见石而行，听简而问。傍金而居，先裴而遁"，《拍案惊奇》之《金光洞主谈旧变　玉虚尊者悟前身》的"五十六年之前，各占一所洞天。容膝庵中莫误，玉虚洞里相延"、《何道士因术成奸　周经历因奸破贼》的"唐唐女帝州，赛比玄元诀。儿戏九环丹，收拾朝天阙"，多如此类。宗教的果报思想致使以仙诗偈语预示设置频繁，如果没有这些神乎其神的架空预兆，估计故事情节的演进就无法按常理解释。然而不少因诗生事式情节设置误入此途，致使小说质量下降。

明末醉西湖心月主人的《宜春香质》以写男宠为主要内容，其中花集第一回的关键词是：玄机、入山、道人、遇仙，授以机宜，世间行历，这是典型的预言，也是典型的因诗生事失误多的篇章。本集的主人公单迎儿"丰姿娇倩，性格狐媚，轻情重财，避冷趋炎"，以卖网巾为生，某日遇道士将他引入山中，得授仙书，且有仙诗偈语一首相赠，云："和风荡漾柳条新，铁板桥边王谢行。绥绥欲去谁相问，惟有昭阳无二人。"这只是一首平常的七绝，有什么特别吗？赠诗之人说："此是玄机，你一生结局收场，俱在此内。但能诚笃重厚，便可转祸成祥。然劫数已定，你自去修为。""一生结局收场""重厚""转祸为祥""劫数"，布满浓厚的神秘气氛。确实，这首诗概括、包含所有的故事人物及其结局。详见第五回解释、回应：

艳姬道："依君这首诗，甚是明白得紧：'和风荡漾柳条新'，这里是和风镇，你到此发迹，又是和生扶持你起来；'柳条新'乃发生之意，我又姓柳，岂不是全句应了？第二句'铁板桥边王谢行'，这里有个铁板桥，我又是铁生的人，王去铁来，不是第二句也应了？只是谢字没有着落，你曾遇个姓谢的么？"迎儿道："是有个姓谢的，在杭州始交之人。"艳姬道："一发不消说了。第三句'绥绥欲去谁相问'，《诗经》道：'有狐绥绥，在彼其梁。'你又道'成阳仙府'，成阳公，乃狐之别号，绥绥亦狐意。看起来，君乃狐之转身，所遇者亦狐也；'欲去谁相问'，孤立无援也。第四句'惟有昭阳无二人'，昭阳乃和生字，无二乃铁生字，二人与你有不共戴天之仇，遇之岂有生理？以我梦合之，梦穿大红，大福者进爵、平人血灾，不祥兆也。……"

单迎儿一生事迹、遇合之人，与诗句所说的完全吻合，加上艳姬的解说，滴水不漏。诗，在这里有预言的作用，再加上入山遇道、梦兆相合，一发涂上神怪色彩，与明末拟话本讲述日用起居之怪怪奇奇渐趋远离。诗生发故事的意义已经淡化，升华的是浓郁的仙异、宿命色彩，沾上天命、定数迷雾，是预兆型诗词滥用的表现。

确实，随着古代小说编创队伍的日益壮大，为了突出教化、报应与因果，不少小说拙劣地使用预言、谶语式手段来组织故事，十分蹩脚，致使小说蒙上一层诡异色彩，而非正常营造的神秘气氛。明末金木散人的《鼓掌绝尘》风集第八回云："舒开先却省得日常间关真君部下，原有一个执刀的周仓，便不害怕，连忙双手接了，展开一看，上面写着四句道：碧玉池中开白莲，庄严色相自天然。生来骨格超凡俗，正是人间第一仙。"说这是真君圣谕，只许牢记不许带走，然后又写才子佳人立功团圆事，后文的交代与这首预言诗词之间并不是太确切，有些故弄玄虚了。又花集第十一回有娄公子挖得石蟹一只，上面刻有细字："历土多年，一脚一钳。留与娄祝，献上金銮。"第二十回本集结束处，此诗再现，虽然前后呼应，但是与故事内容关联并不是太密切，成了"悬"而不"念"的悬念，再加上情节的联结、组织也相当松散，所以落入因果报应窠臼，显得过于晦涩。与前面那些插入情节内部的预言相比，只不过是装神弄鬼的把戏。

清代心远主人的《二刻醒世恒言》下函第三回《猛将军片言酬万户》，说猛将军名韩如虎，在未得封荫以前，曾在石壁上见有两行大字，刻的是："得名于虎，进身于猿；成功于猫，归神于兔。"这石刻预兆着人物一生经历与虎、猿、猫、兔有关，得名于"虎"所以叫如虎，"进身于猿"指遇了袁有义才得进身，"成功于猫"是指杀退叛乱苗兵得功名而获封荫的事，"归神于兔"指猛将军前身为白兔神，四句神言为四个故事单元。虽然故事情节设置按这四句编织，但可以看出完全是假托与附会，不足为符合艺术真实性的想象与虚构。这也说明，以人物故事情节为中心的叙事方式发生了变异：情节失落。这些"悬"而不"念"的诗谶，实质是情节结构松散、不再紧凑地连缀上下叙事单元的表现。"事"淡化了，逐渐为"理"所拘，"叙"的手段也逐渐被"说"所代替。

五 "白日见鬼"——诗词裨益小说创作实例分析（下）

不少古代小说篇目以诗话、本事诗等为原始素材进行编创，诗话影响小说创作的一个表现是诗话的创作理念对小说创作手法的形成有借鉴意义，其中最有意思的就是"白日见鬼"式编创思维。相信"白日见鬼"这则材料大家都比较熟悉：

> 嘉泰癸亥岁，改之在中都，时辛稼轩（弃疾）帅越，闻其名，遣介招之。适以事不及行，作书归辂者。因效辛体《沁园春》一词，并缄往，下笔便逼真。其词曰："斗酒彘肩，醉渡浙江，岂不快哉！被香山居士，约林和靖，与苏公等，驾勒吾回。坡谓西湖正如西子，浓抹淡妆临照台。诸人者，都掉头不顾，只管传杯。 白云天竺去来，图画里，峥嵘楼观开。看纵横二涧，东西水绕，两山南北，高下云堆。逋曰不然，暗香疏影，只可孤山先探梅。蓬莱阁访稼轩未晚，且此徘徊。"……余时与之饮西园，改之中席自言，掀髯有得色，余率然应之曰："词句固佳，然恨无刀圭药，

疗君白日见鬼症耳！"坐中哄堂一笑。（岳珂《桯史》卷二
《刘改之诗词》）

此词开头"被香山居士，约林和靖，与苏公等，驾勒吾回"
一句充满了自信之情，想象众多已逝之诗词名人热情地挽回他的
车驾，想见这位诗人对自己的魅力是十分得意的。诗人们斗酒巇
肩，豪情万丈，醉中游赏，论诗较文，各逞西湖风姿。诗的作法
与诗的内容本身都充满戏剧性，不啻白日见鬼，当然引来哄堂大
笑。这段故事已传为文坛趣话，作为文学编创手法也非常有新
意，实际就是时空错会手法在词坛创作领域的表现。概括起来，
"白日见鬼"式的创作特征主要有：一是穿越，不同时期的人能
够相聚一堂，进行相关的活动；二是联结，此处的联络关节是对
西湖共同的咏叹；三是故事形象化，"驾勒吾回""都掉头不顾，
只管传杯"等动作具有很强的形象性；四是小品的性格，苏东
坡、白居易、林逋与"我"等驾舟喝酒、相争西湖的故事有寓
意，似乎倡导的是娱乐至上的文人生活情趣；五是戏剧化的艺术
效果，"率然应之"与"坐中哄堂一笑"等是见上述所有品性造
成的艺术感染力。

（一）春浓花艳佳人胆

不少古代小说作品即化用并发扬光大上述"白日见鬼"式创

作理念，如一些作者将某些本来没有关系、时代不同、性格不同、性别不同的诗人的诗歌捏合在一起，对某一主题进行对比或生发。《碾玉观音》是宋元话本小说名篇，被冯梦龙改写后收入《警世通言》，题目改为"崔待诏生死冤家"。小说的主人公叫璩秀秀，出身于贫寒的装裱匠家庭，生得美貌出众，聪明伶俐，更练就了一手好刺绣。无奈家境窘迫，被迫卖给了咸安郡王，专供郡王家的绣作。咸安郡王，大家可能比较陌生，但我们若说他是古代女英雄梁红玉的丈夫，可能大家就明白是谁了，他叫韩世忠，与梁红玉一样是抗金英雄。可是这位抗金英雄却有一样坏毛病：烈性、暴躁。秀秀进入郡王府后，被许给府中的碾玉匠崔宁。秀秀和崔宁品貌相当，相互爱恋，二人为追求自由的爱情而在火灾之夜趁乱私奔，被郡王追回之后，崔宁被发配，秀秀被杖责身亡。璩秀秀魂魄不泯，化为肉身与崔宁再续前缘，尽管如此，最终还是逃脱不了悲剧的命运。在小说的开头，作者并没有直奔主题，而是先引入许多前人有关春天的诗词，这里全文引录这段文字，以全面地分析这段文字的写作技巧，为大家的文学创作提供帮助。

　　　　山色晴岚景物佳，暖烘回雁起平沙。东郊渐觉花供眼，南陌依稀草吐芽。　　堤上柳，未藏鸦，寻芳趁步到山家。陇头几树红梅落，红杏枝头未着花。

这首《鹧鸪天》说孟春景致，原来又不如《仲春词》做得好：

　　　　每日青楼醉梦中，不知城外又春浓。杏花初落疏疏雨，
杨柳轻摇淡淡风。　　　浮画舫，跃青骢，小桥门外绿阴笼。
行人不入神仙地，人在珠帘第几重？

这首词说仲春景致，原来又不如黄夫人做着《季春词》又好：

　　　　先自春光似酒浓，时听燕语透帘栊。小桥杨柳飘香絮，
山寺绯桃散落红。　　　莺渐老，蝶西东，春归难觅恨无穷。
侵阶草色迷朝雨，满地梨花逐晓风。

这三首词，都不如王荆公看见花瓣儿片片风吹下地来，原来
这春归去，是东风断送的。有诗道：

　　　　春日春风有时好，春日春风有时恶。不得春风花不开，
花开又被风吹落。

苏东坡道：不是东风断送春归去，是春雨断送春归去。有
诗道：

　　　　雨前初见花间蕊，雨后全无叶底花。蜂蝶纷纷过墙去，
却疑春色在邻家。

秦少游道：也不干风事，也不干雨事，是柳絮飘将春色去。
有诗道：

　　　　三月柳花轻复散，飘飏澹荡送春归。此花本是无情物，
一向东飞一向西。

邵尧夫道：也不干柳絮事，是蝴蝶采将春色去。有诗道：

　　　　花正开时当二月，蝴蝶飞来忙劫劫。采将春色向天涯，

行人路上添凄切。

曾两府道：也不干蝴蝶事，是黄莺啼得春归去。有诗道：

花正开时艳正浓，春宵何事恼芳丛？黄鹂啼得春归去，
无限园林转首空。

朱希真道：也不干黄莺事，是杜鹃啼得春归去。有诗道：

杜鹃叫得春归去，吻边啼血尚犹存。庭院日长空悄悄，
教人生怕到黄昏！

苏小小道：都不干这几件事，是燕子衔将春色去。有《蝶恋
花》词为证：

妾本钱塘江上住，花开花落，不管流年度。燕子衔将春
色去，纱窗几阵黄梅雨。　　斜插犀梳云半吐，檀板轻敲，
唱彻《黄金缕》。歌罢彩云无觅处，梦回明月生南浦。

王岩叟道：也不干风事，也不干雨事，也不干柳絮事，也不
干蝴蝶事，也不干黄莺事，也不干杜鹃事，也不干燕子事。是九
十日春光已过，春归去。曾有诗道：

怨风怨雨两俱非，风雨不来春亦归。腮边红褪青梅小，
口角黄消乳燕飞。蜀魄健啼花影去，吴蚕强食柘桑稀。直恼
春归无觅处，江湖辜负一蓑衣！

这段诗串巧妙地利用递进式讨论春何以归去的问题，也反映
了宋代游春风气的盛行。从表面上看，是话本小说的入话，如果
单独抽出来，将会觉得这是一篇不错的小品文或者是寓言、笑

话，内容的组织既有层次感，也有趣味性。首先是以三春为题，说那首《鹧鸪天》写的孟春词不如写仲春的词，而这首仲春词又不如黄夫人的季

仕女游春图（蒙小玉）

春词，找出内容情节切合的三春诗词，再按季节层递进行对比，这是讨论春归去的第一个小高潮。接着话题讨论的热度进一步激化，王安石因看见风吹柳絮，说春归去是东风断送的，以诗为证；苏东坡则认为不是东风断送，而是春雨断送的，以诗为证；秦少游认为，既不关风事，也不关雨事，而是柳絮将春色飘将去的，有诗为证；至此，以自然现象将春归去的讨论推向第二个小高潮。之后，进一步以邵尧夫的蝴蝶采去、曾两府的黄莺啼去、朱希真的杜鹃啼去、苏小小的燕子衔去等动物相关的诗词来推向第三个小高潮。最后，以王岩叟的"也不干风事，也不干雨事，也不干柳絮事，也不干蝴蝶事，也不干黄莺事，也不干杜鹃事，也不干燕子事。是九十日春光已过，春归去"作大总结，全盘否定此前的所有说法，气势流贯，逻辑合理，总的认为春归去，是春自身必然归去的事实。争论至此结束，可仔细想想，这段看似平淡的春词集锦却颇有兴味。

这段入话完全具备了"白日见鬼"创作手法的五个特征：一是穿越，黄夫人、王安石、苏东坡、秦少游、邵尧夫、曾两府、朱希真、苏小小、王岩叟等人时代不同，性情、性别、作诗词心情各一，却相聚争论；二是联结，"春何以归去"是众人穿越的媒介、联络；三是故事形象化，"×××道：不干……是……"即见其形象立于纸上；四是小品的性格，"王岩叟道：也不干风事，也不干雨事，也不干柳絮事，也不干蝴蝶事，也不干黄莺事，也不干杜鹃事，也不干燕子事"，即寄寓了一定的哲理：春的离去不为世界万物所动，必然归去是自然规律，悲情由此而生；因此，具备了戏剧化的艺术效果，即众人争论不休时，将极其逆转的叙事结局推向了故事的高潮："是九十日春光已过，春归去"，这个大归结力压众座，无人不服，收束巧妙。总的来说，这段"春何以归去"的讨论将题材相类（都是春词）的诗词放在一起品评比较，再按一定的逻辑顺序连接起来，创造出富于喜剧性的艺术效果。

即使撇开内容的设置，单从形式上来说，其设置也是相当有意味的。据台湾学者古添洪分析，"原来又不如仲春词做得好"和"原来又不如黄夫人做着季春词又好"词组重复着，且其中"仲春词"与"季春词"成为对照，重复则同时有加强及对照的效果，由孟春、仲春、季春的时节顺序而缓和。第二组诗，不是两个句子构成的对等，而是六个句子所组成的对等，一连七个"也不干"形成对等，诗功能发挥得淋漓尽致。

此外，中国古代有"士子悲秋，女子怀春"的说法，诗词中的伤春主题不乏见，而古代小说也偏爱"春浓花艳佳人胆"主题，即是喜欢写女性的爱情故事，这种题材也多为读者所喜。因此，这篇小说以春词引入"咸安郡王，当时怕春归去，将带着许多钧眷游春"，才有咸安郡王因春游而看见璩秀秀之事，璩秀秀因此入郡王府做了绣工，才能认识崔待诏，才有契机发生小说叙述的核心故事：至死不渝的爱情。璩秀秀因爱，不惜威胁崔待诏与之私奔，被残暴的咸安郡王打死之后，化为鬼魂的璩秀秀并不甘心，而是再变肉身，与崔待诏延续美满的婚姻，最终虽然被小人毁灭了，但这是多么可歌可泣的爱情故事！远胜于西方电影《人鬼情未了》！所以说，看似累赘的文字"春""春词""春归去"，实际上暗示了后面的故事内容与恋情有关。以春词为起端，生发一段人鬼情未了式的婚恋故事，既与中国传统的倩女离魂式叙事主题一脉相承，又与古代小说与"说话"一样"敷衍"得热闹、久长、有规模的思想相符。

（二）千古文人西子情

在《三国志通俗演义》的影响下，以敷衍历史为主的小说大量涌现，其中以春秋列国争霸为主要对象的"列国志"系列小说便在这样的背景下产生了。除了《全相平话武王伐纣书》《全相平话乐毅图齐七国春秋后集》《全相平话秦并六国》等宋元平话外，章回小说主要有明代嘉隆年间余邵鱼编集的《春秋列国志传》，明末冯梦龙受创作思潮影响，又结合长期治《春秋》的史学功力，改造、增添、润色成《新列国志》，使其艺术水平有了质的提升。清代蔡元放闲暇之余，在评点、润色冯梦龙《新列国志》的基础上，改名《东周列国志》，刊行于世，目前流行的列国志小说也是这个版本。

从《春秋列国志传》开始，便有越王勾践用范蠡之计，献美女西施于吴王夫差，致使吴王破国亡家的情节。有关西施的传说，最早主要从寓言故事中获得，这就是大家熟悉的"东施效颦"成语，话说西施有心病，有一天洗衣服的时候，突然痛起来，就捂着胸口皱着眉头，村民们看见她比平时更美了。于是，有个叫东施的女子就学着西施的样子，结果无论是富人还是穷人看见了，都纷纷躲避或逃开了——因为效颦使东施更加丑陋了，别人被吓坏了，自然要逃跑。这则寓言赞美的是西施的自然之美，批判的是东施的造作之美。后来，人们将西施与其他三位美人并列称为"四大美女"，分别是沉鱼西施、落雁王昭君、闭月貂蝉、羞花杨玉环。当然，与西施相关的传说里，还有西子浣纱沉鱼的传说，也有西施忍辱负重以乱吴国之政、为越国恢复国家的英雄传奇，更有与范蠡同泛五湖的浪漫传说。

但是在以"羽翼信史"为使命的这一类历史演义里，所描写的西施却不是这样的，没有"捧心"的病态，却有一般古代小说所写的佳人的特点："西海滨渔家之女，娇媚无比，管弦韵律无不赅备。"(《春秋列国志传》)她来自民间,长相却异常出众,又有音乐舞蹈方面的才能。当然,在《新列国志》与《东周列国志》里,西施的媚态是天然的,可她的歌舞才能却是在范蠡计划下后天培养出来的,"句践亲送美人别居土城,使老乐师教之歌舞,学习容步,俟其艺成"。后来,西施不负众望,胜出于同时进献的另一美女郑旦,"妖艳善媚,更推西施为首。于是西施独夺歌舞之魁……擅专房之宠",致使郑旦郁郁不得志,一年之后便死了,小说家在这个情节上添枝加叶,加大了西施与郑旦的对比力度,突出了西施的魅力。这些情节与民间传说中的西施之美、善相去甚远,但郑旦的妒忌与东施一样,有反衬意义。在《春秋列国志传》里,甚至还写到西施喝醉之后的丑态:吴王"令嫔妃裸衣,采莲于溪内,西施与夫差抚掌而笑。既而西子酒酣,以手攀隔船之莲,忽溺于溪。……西子再拜顿谢,夫差即令奚斯于香水溪内,方圆环数丈,皆砌白石,别引清泉"。从"抚掌而笑""以手攀隔船之莲"的动作与神情描写可以想见,西施与吴王白日嬉戏,让裸女采莲,喝酒大醉,行为有失检点,甚至沉溺于水中,幸好得吴王救起。可见在这部小说里,无论是清醒时刻,还是醉酒时刻,西施与吴王有同流合污的倾向。抑或有人认为这是她被身为女子,任人鱼肉的形势所逼。可是在其他小说里,无论是男或女,在受到君王压迫时,均可自决不从,以表烈性。但在这部小说里并未见西施的反感之情,她有非常乐意追从吴王的心态。

　　当然，西施卖相的传说也被小说敷衍了。《东周列国志》写道，国人慕美人之名，争相识认，导致道路壅塞，范蠡心生一计，设柜收钱，"欲见美人者，先输金钱一文"，结果顷刻而满，得金钱无数，以充实国库的费用。这种传奇化的情节是为百姓所乐闻的，所谓爱美之心人皆有之。那么西施有没有爱、善之心呢？在《春秋列国志传》中没有，只有《新列国志》和《东周列国志》有一个细节描写可能反映了西施的性情。书中写道：有一群小儿唱"桐叶冷，吴王醒未醒？梧叶秋，吴王愁更愁"歌，预示吴国之必亡，吴王听后，震怒异常，"欲诛众小儿。西施力劝乃止"，"力"字可见西施的怜悯之心，否则这些孩子将受戮杀。

　　历史上的西施不管是来自寓言的尖刻讽刺，还是来自民间的精彩传说，都引起文人逸士的兴趣，纷纷题咏。涉及西施传说的事物、地名也纷纷被列入小说中，如住于馆娃宫，有响屧廊、百花洲、玩月池、西施洞、采莲径、消夏湾、香水蹊等"八景"，且多有文人题咏。不过《春秋列国志传》将众多地点与事物全列入，《新列国志》与《东周列国志》删除了部分，只保留部分与情节相关的。小说甚至还对有关西施结局的民间传说作了辨析，《东周列国志》是这样写西施的结局的："句践班师回越，携西施以归。越夫人潜使人引出，负以大石，沉于江中。"小说认为谋杀西施的是越国夫人，不是范蠡，只是后人不知真相，范蠡载西施入五湖是"讹传"，"载去西施岂无意，恐留倾国误君王"的诗句是不符合常理的，这样一来，作者就否定了一个传说，即范蠡与西施相爱,二人为了越国大业而忍住与爱人分离的痛苦,最终报仇的浪漫故事就被否定了。大约历史兴亡具有严肃性,如何能让失节的妇女西施干预呢?故小说特地声明了这种结果是"讹传"。

历史文人雅士吟咏西施胜迹的诗歌非常多,质量不错。因此,小说写与西施相关的情节时,就像以王昭君为题材的戏曲小说一样,无须小说编创者另行撰写,现成的诗词就可信手拈来。如《春秋列国志传》的作者一下子就拈来了多首诗词,明人高启6首,明人姚广孝1首,宋代杨诚斋1首,东屏先生1首……其他版本的列国志也是大量引用西施相关的诗,如王禹偁、杨备、张羽、高文度、范成大、杨诚斋、萨都剌、陆龟蒙、胡曾、罗隐、刘寅等众多诗人的吟咏,这些诗歌有七绝、七律、五律、古风、歌词等,不同形式的诗歌都在这里会集,要是汇集起来,就成了《咏西施诗集》了。

这些诗歌至少有两个用途:一是评议、阐释吴国兴亡与西施的关系。不少诗人认为,吴王宠爱西施是导致他误失国家的根源。张羽的《苏台歌》即大肆渲染了吴王与西施游赏宴饮的腐败之态。也有人批判,吴王不应该宠幸西施,因此说道:"兵入馆娃犹未醒,越人宜赏武夫功。"认为吴王长夜在醉酒之中,沉迷女色,甚至在侵略军队到来之时,依然不醒,这样的结局当然是悲惨的,因此劝诫吴人,应该像越国人一样,将这些美酒赏与武夫,不要沉迷女色,才能王霸天下。此诗的批判之力可见。甚至有诗人罗隐作诗《辨西施之冤》:"家国兴亡自有时,时人何苦咎西施。西施若解亡吴国，越国亡来又是谁。"罗隐这首诗认为家国兴亡是自然规律，世人不应该归罪于西施；如果你认为西施是吴国灭亡的罪魁祸首，那么西施已死之后，使越国破亡的又是谁呢？显然，国家兴亡与美人无关。诗主要为西施辩解、开脱，以秉公论。

二是对西施个人行为与历史兴亡观的阐释，突出的是人事不再、景物依旧的自然规律。其中高启这首诗较具有代表性："吴王在日百花开，画船载乐洲边来。吴王去后百花落，歌吹无闻洲寂寞。花开花落年年春，前后看花应几人？但见枝枝映流水，不知片片堕行尘。年年风雨荒台畔，日暮黄鹂肠欲断。岂惟世少看花人，从来此地无花看。"这是《春江花月夜》式的抒情诗，将历史与现实、人生与宇宙联想起来，以花开花落为时间飞逝的具体比喻，花是指西施还是百花洲上的花？是过去的花还是现在的花？看花人又是谁？花人两不分，花人两相映，有点像庄周梦蝶一样迷茫了。这种迷茫，不正像历史兴亡之态势一样让人难以捉摸吗？萨都剌"飞絮年年满城郭，行人不见馆娃宫"直接感叹的是当年的奢华、繁荣与喧闹不再，可是飞絮还在，渺渺茫茫的人生与世事何去何在的基调被定格了。又如高启的"西子娇容今不在，教人赋罢枉凝眸"是典型的咏史诗写法：拿今比昔，今昔两殊，当年美貌的西施已经不在了，为什么历史会如此消逝？人所凝眸的，是西子的娇容不再，还是西子的妖容已不再？"枉"字可见诗人的惋惜之情。姚广孝的"不见昔游人，风烟自朝暮"同理，历史上的人与事均烟消云散，可是自然中的风、烟自由与朝暮更替，依然存在，历史的短暂与自然的永恒形成了对照，兴亡之感顿生。

吴王西子醉莲溪图（蒙小玉）

可惜的是，历史演义的小说作者创作比较粗疏，为满足出版的需要，没有好好加工，因此这些诗人题咏西施的佳作，仅仅被罗列于小说中，没有情节的串连，显得非常生硬；评价也未能与小说创作主旨高度契合，犯了历史演义大量引诗的通病：虽然诗歌不俚鄙，却可笑。

（三）八难龙笛词：以小说释词源的经典

《史弘肇龙虎君臣会》是冯梦龙《喻世明言》中的名篇，属于乱世出英雄、明贤有奇遇或英雄发迹变泰一类故事。讲的是唐末五代时期，无赖史弘肇与同样无赖的郭威是结拜兄弟，二人在求取功名过程中，得慧眼识英雄的美人帮助，受到刘知远等君主重用，建立军功，后郭威代晋建立后汉，成为帝王，史弘肇做到四镇令公的高位，富贵荣华享不尽。

但是，小说开头讲述的却是文人故事，作者为什么要讲这个故事呢？正如小说所写："自家今日不说别的，说两个客人将一对龙笛薪材，来东峰东岱岳烧献。只因烧这薪材，却教郑州奉宁军一个上厅行首，有分做两国夫人，嫁一个好汉。后来为当朝四镇令公，名标青史。直到如今，做几回花锦似话说。这未发迹的好汉，却姓甚名谁？怎地发迹变泰？"原来是因为开头讲的是与龙笛有关的故事，而正文要讲的故事正好也与龙笛有关：郑州有人叫善于开笛的人去开笛，这些人正好是阎罗殿里的掌权者，开笛者在这过程中便知道了史弘肇将来会成为四镇令公，于是开笛者求阎罗殿里的掌权者炳灵公，让他做妓女的妹妹嫁给了当时还是无赖的史弘肇，最终，他的妹妹成了两国夫人，名标青史。故事开头由一首诗引出：

倦压鳌头请左符，笑寻颍尾为西湖。二三贤守去非远，六一清风今不孤。四海共知霜鬓满，重阳曾插菊花无？聚星堂上谁先到？欲傍金尊倒玉壶。

这一首诗，乃宋朝士大夫刘季孙《寄苏子瞻自翰苑出守杭州》诗。元来，东坡先生苏学士凡两次到杭州。先一次，

神宗皇帝熙宁二年，通判杭州；第二次，元祐年中，知杭州
军州事。所以临安府多有东坡古迹诗句。

小说引诗之后，告诉了大家这首诗的来历：这是宋朝刘季孙
送大诗人苏东坡到杭州赴任的送别诗。顺带着介绍了苏东坡两次
到杭州的时间和官职，也说明了临安府多苏东坡古迹、诗句的原
因。自此之后，到江南的文人更多了，那谁最出色呢？有没有谁
能超越大文豪苏东坡呢？作者说有一个叫洪内翰的人，能与苏东
坡相提并论。那这个洪内翰是谁？为什么能与苏东坡相比？小说
又作了介绍："洪内翰曾编了《夷坚》三十二志，有一代之史才。
在孝宗朝，圣眷甚隆。因在禁林，乞守外郡；累次上章，圣上方
允，得知越州绍兴府。"历史上编志怪小说集《夷坚志》的人是
南宋人洪迈，他出生于一个士大夫家庭，他的父亲洪皓，哥哥洪
适、洪遵，都是著名的学者、官员，洪适官至宰相。他自己也官
至端明殿学士，也曾到过浙东。曾于淳熙十三年（1186）任翰林
学士，因此称洪内翰。《夷坚志》初、二、三志各十集，四志分
甲、乙二集，共三十二集。小说叙"是时，淳熙年上到任。时遇
春天，有首回文诗，做得极好，乃诗人熊元素所作"。熊元素的
回文诗恰切地描述了春天的景致：

　　"融融日暖乍晴天，骏马雕鞍绣辔联。风细落花红衬地，
　雨微垂柳绿拖烟。茸铺草色春江曲，雪剪花梢玉砌前。同恨

此时良会罕，空飞巧燕舞翩翩。"若倒转念时，又是一首好
诗："翩翩舞燕巧飞空，罕会良时此恨同。前砌玉梢花剪雪，
曲江春色草铺茸。烟拖绿柳垂微雨，地衬红花落细风。联辔
绣鞍雕马骏，天晴乍暖日融融。"

在这样美好的春日，"这洪内翰遂安排筵席于镇越堂上，请
众官宴会。那四司六局只应供过的人都在堂下，甚次第。当日果
献时新，食烹异味。酒至三杯，众妓中有一妓，姓王，名英。这
王英以纤纤春笋柔荑，捧着一管缠金丝龙笛，当筵品弄一曲。吹
得清音嘹亮，美韵悠扬，众官听之大喜。这洪内翰令左右取文房
四宝来，诸妓女供侍于面前，对众官乘兴，一时文不加点，做一
只词，唤做《虞美人》"。词云：

　　忽闻碧玉楼头笛，声透晴空碧。宫商角羽任西东，映我
奇观，惊起碧潭龙。　　数声呜咽青霄去，不舍《梁州序》。
穿云裂石响无踪，惊动梅花，初谢玉玲珑。

小说评论道，这"洪内翰珠玑满腹，锦绣盈肠，一只曲儿，
有甚难处？做了呈众官，众官看罢，皆喜道：'语意清新，果是
佳作。'"对洪内翰和他的词都作了非常高的评价。可是，小说却
来了戏剧性的一幕："方才夸羡不已，只见一个官员，在众中呵
呵大笑，言曰：'学士作此龙笛词，虽然奇妙，此词八句，偷了

古人作的杂诗、词中各一句也。'"那这名异客是谁？竟然敢公开挑衅文才可继苏东坡之后的洪内翰呢？原来那官人，"乃孔通判讳德明"。那这孔德明能解开这只"偷了古人作的杂诗、词中各一句"的词吗？还好，洪内翰度量非凡，并没有因此恼羞成怒，而是在"大惊"后谦虚地说："孔丈既知如此，可望见教否？"于是，"孔通判乃就筵上，从头一一解之：

第一句道："忽闻碧玉楼头笛。"偷了张紫微作《道隐》诗中第四句。诗道：试问清轩可煞青，霜天孤月照蓬瀛。广寒宫里琴三弄，碧玉楼头笛一声。金井辘轳秋水冷，石床茅舍暮云清。夜来忽作瑶池梦，十二阑干独步行。

第二句道："声透晴空碧。"偷了骆解元作《玉娇姿》唱词中第三句。诗道：谢氏筵中闻雅唱，何人隔幕在帘帷？一声点破晴空碧，遏住行云不敢飞。

第三句道："宫商角羽任西东。"偷了曹仙姑作《风响》诗中第二句。诗道：碾玉悬丝挂碧空，宫商角羽任西东。依稀似曲才堪听，又被风吹别调中。

第四句道："映我奇观，惊起碧潭龙。"偷了东坡作《橹》诗中第三、第四句。诗道：伊轧江心激箭冲，天涯无际去无踪。遥遥映我奇观处，料应惊起碧潭龙。

过处第五句道："数声呜咽青霄去。"偷了朱淑真作《雁》诗中第四句。诗道：伤怀遣我肠千缕，征雁南来无定据。嘹嘹呖呖自孤飞，数声呜咽青霄去。

第六句道："不舍《梁州序》。"偷了秦少游作《歌舞》诗中第四句。诗道：纤腰如舞态，歌韵如莺语。似锦罩厅前，不舍《梁州序》。

第七句道："穿云裂石响无踪。"偷了刘两府作《水底火炮》诗中第三句。诗道：一激轰然如霹雳，万波鼓动鱼龙息。穿云裂石响无踪，却房驱邪归正直。

临了第八句道："惊动梅花，初谢玉玲珑。"偷了士人刘改之来谒见婺州陈侍郎作《元宵望江南》词中第四句。词道：元宵景，天气正融融。柳线正垂金落索，梅花初谢玉玲珑。明月映高空。　　贤太守，欢乐与民同。箫鼓聒残灯火市，轮蹄踏破广寒宫。良夜莫匆匆。

八句词句句均有出处，故称"八难龙笛词"。听了这样的解释和指点，洪内翰非常高兴，"大喜"，其他官员也称叹道："奇哉，奇哉！"在众人的要求下，孔通判当即亦作了调为《水调歌头》的龙笛词一首：

玉人揎皓腕，纤手映朱唇。龙吟越调孤喷，清浊最堪听。欲度宁王一曲，莫学桓伊三弄，听答兀中丁。忆昔知音客，鉴别在柯亭。　　至更深，宜月朗，称疏星。天高气爽，霜重水绿与山青。幸遇良宵佳景，轰起一声蕲州，耳衅觉泠泠。裂石穿云去，万鬼尽潜形。

　　此词前半部分描绘的是吹奏的情形，后半部描绘的是吹奏的效果，以显示龙笛的音乐效果，相比之下，洪内翰的词过于平淡，而这首词则更有气势和感染力，让人不禁信服孔德明的真才实学，难怪敢冒不韪，直言指出洪内翰词的不足之处。因此，作者对洪内翰与孔德明的诗才均佩服不已，故说："兀的正是：高才得见高才客，不枉留传纪好音。"一改文人相轻的传统，赞颂了高才惜高才的大度。

　　这个故事里孔德明指出了八句词的八个出处，有作者，有篇名，有位置，依据凭证都全，但是，从整个诗歌创作史来看，这种行为并不是"偷"，而是化用。这八句里，有的虽是原句引用，但意思和意境都有了改变，如"穿云裂石响无踪"原来是用于形容水底火炮的威力，但洪内翰词形容的却是王英歌声的状态，意思和意境已经完全不同了。有的经过了改造，如"映我奇观，惊起碧潭龙"，削去了修饰语"遥遥"二字和"处"这一副词，"料应"这一心理化词语也省略了，更符合词这个体裁的特性，把诗意的"遥遥"和"料应"引发的"可能性"变成了"已然性"，更妙，有点石成金的效果。因此，这个故事实际上类似于"诗话"——评论诗歌、诗人、诗派及记录诗人故事的著作，这个故事评论了几首诗歌，还讲述了苏东坡、洪内翰、孔德明等诗人的才能与故事。

　　另介绍一篇可做扩展阅读的小说《西山一窟鬼》，被冯梦龙收入《警世通言》中，改名《　窟鬼癞道人除怪》。小说起首也是引词一首："这只词名唤做《念奴娇》，是一个赴省士人姓沈名文述所作，元来皆是集古人词章之句。如何见得？从头与各位说开……"这里没有借用如孔德明这样的文人讲述，而是作者直接将这首词的十八句出处一一道来，不禁让人叹为观止。可事实上，经与各家词集对照，小说中所引诗词的文字与词集多有不同，纯属"扯谈"。但总体上反映了古代小说创作，喜欢讲述"八难龙笛词"这样有挑战性的智力游戏式故事。

（四）两斥月老诗：以才女求平等的虚无

明末周清源的《西湖二集》第十六卷《月下老错配本属前缘》，讲述的主要是宋代著名女词人朱淑真（又作朱淑贞）的故事，她从小是个聪明女子，却嫁了一个又丑又蠢的丈夫，人称"金罕货""金怪物"（他有多丑，参见"丑男丑女喷饭词"一节的介绍）。朱淑真因此终日不乐，于是日日烧香祝拜，向上天控诉自己的冤屈，力图追求能够与她匹配的婚姻，寻求知音与幸福。最终在氤氲大使的答复中解开谜结，发觉这种错配是朱淑真前生造的孽，今世自吃苦果，小说的终极结果便是朱淑真根本无法求得男女平等，更无幸福婚姻可言。

当朱淑真获知自己连个"平常人"都嫁不了，只能嫁给金怪物之后，"终日眉头不展，面带忧容。一日听得笛声悠扬，想起终身之苦，好生凄惨，遂援笔赋首诗道：谁家横笛弄轻清，唤起离人枕上情。自是断肠听不得，非关吹出断肠声"，这里写了作诗的起因：正在哀叹婚姻不幸的时节，听到了引人愁丝的凄惨的笛声，不禁感慨身世之苦，于是作诗寄寓她的情感。诗以发问开端：是谁人在吹笛？这笛声多么的清雅，能够唤起离别之人的情丝，让人无法入眠。诗人不是因为笛子吹出了令人断肠的声音才不敢

朱淑真仕女图（蒙小玉）

听，而是因为听的人本身已经断肠了！这是小说解释《断肠集》之命名由来的情节。其实，整篇小说实际上是一篇以小说行于世的《断肠集》诗话：有关《断肠集》诗的故事和写作背景。

又如，"杭州风俗，元旦清早，先吃汤圆子，取团圆之意。金妈妈煮了一碗，拿进来与媳妇吃。淑真见了汤圆子好生不快，因而比意做首诗道：轻圆绝胜鸡头肉，滑腻偏宜蟹眼汤。纵有风流无处说，已输汤饼试何郎"，同样也表达了朱淑真感叹婚姻不幸的心情。元旦之清晨，朱淑真看了汤圆，不禁"不快"，不快赋之于诗，便有了一首七绝，七绝以汤圆与鸡头肉、蟹眼汤相比，突出其触觉上的软滑特性。面对元旦的圆满之喻，朱淑真的

婚姻却残缺如此，哪里能有何晏那样的美男子与其相配，不禁感叹"风流无处说"的悲哀。

小说又叙朱淑真的诉词被缤缍之司的氤氲大使看到了，派遣青衣二人来接她到面前，向她解释了她会受到惩罚变为女子，她的丈夫为什么如此丑陋的缘故：朱淑真前生为一男子，玷污了奚二姐主仆二人，奚二姐含恨而死，为了公平起见，罚失节的奚二姐为今世的金怪物，罚前身为男子的朱淑真，这辈子降生为女子，二人配为夫妻，以恶姻缘来惩罚前世的过错。小说还纵论了历史上诸多红颜女子为什么薄命的故事：将西子、王昭君、卓文君、蔡文姬、潘贵妃、张贵妃、孔贵妃、薛涛、苏小小、绿珠、苏若兰等一干历史上的才女放在一起，评判是非短长、前世今生的姻缘。还让朱淑真见到了才情兼备的魏夫人，魏夫人设宴饮酒、赋诗，并促成了实际上的夫妻之情。小说浓墨写古代才女同性相亲相爱的初衷，主要出于文才上的惺惺惜惺惺，以旌扬她们情谊的真挚感人。更让读者暗吃一惊的是：为什么这些才貌双全、惺惺惜惺惺的女子却受如此大的冤屈呢？这真是千古憾事啊！读者对小说及人物产生了共鸣，这就达到了艺术魅力的最高境界。如果大家在创作小说时也能借鉴这样方法，进步一定非常快，也非常有效。

主题与其相似的清代心远主人的小说《二刻醒世恒言》下函第二回的《错赤绳月老误姻缘》，讲的是薛阿丽被逼嫁给奇丑无比的赫连勃兀，死不瞑目，怨气冲天，她的魂魄去找月老论理，途中遇见了红颜薄命、不得善终的赵飞燕与杨太真，三人同去共申冤屈。结果令人吃惊，这月老错配薛阿丽的姻缘，竟然是由诗话中最著名的红叶题诗典故造成的。诗话中的红叶题诗故事至少有三个版本：

薛阿丽与月老争论图（蒙小玉）

　　顾况在洛乘门，与三诗友游于苑中，坐流水上，得大梧叶，题诗上曰："一入深宫里，年年不见春。聊题一片叶，寄与有情人。"况明日于上游，亦题叶上，放于波中。诗曰："花落深宫莺亦悲，上阳宫女断肠时。帝城不禁东流水，叶上题诗欲寄谁？"后十余日，有人于苑中寻春，又于叶上得诗以示况。诗曰："一叶题诗出禁城，谁人酬和独含情？自嗟不及波中叶，荡漾乘春取次行。"（唐代孟棨《本事诗·情感第一》）

　　卢渥舍人应举之岁，偶临御沟，见一红叶，命仆寀来，叶上乃有一绝句。置于巾箱，或呈于同志。及宣宗既省宫人，初下诏，许从百官司吏，独不许贡举人。渥后亦　　任范阳，获其退宫人，睹红叶而吁怨久之，曰："当时偶题随流，不谓郎君收藏巾箧。"验其书，无不讶焉。诗曰："水流何太急，深宫尽日闲。殷勤谢红叶，好去到人间。"（唐代范摅《云溪友议》）

唐僖宗时，有儒士于祐晚步禁衢间……祐临流浣手，久之，有一脱叶，差大于他叶，远视之若有墨迹载于其上，浮红泛泛，远意绵绵。祐取而视之，果有四句题于其上。其诗曰："水流何太急，深宫尽日闲。殷勤谢红叶，好去到人间。"……祐终不废思虑，复题二句，书于红叶上云："曾闻叶上题红怨，叶上题诗寄阿谁？"……既而韩氏于祐笥中见红叶，大惊曰："此吾所作之句，何故得之？"祐以实告……韩氏笑答曰："吾为祐之合乃天也，非媒氏之力也。"……韩氏索笔为诗曰："一联佳句题流水，十载幽思满素怀。今日却成鸾凤友，方知红叶是良媒。"（宋代刘斧《青琐高议》卷五录《流红记》，魏陵张实子京撰）

三个版本均讲的是宫中女子写了一首诗，表达自己宫中苦闷生活与愿求得佳偶的心情，将之写在红叶上，放在皇宫的溪流中，红叶流出宫墙后，被文人才子捡到，宫女放还，得成佳偶，彼此感慨。

这篇小说采用的是于祐版。可是，韩氏夫人与于祐成婚后，不但不感激月老，还题诗一首表达喜获奇缘的心情："一联佳句随流水，十载幽期惬素怀。今日得谐鸾凤侣，方知红叶是良媒。"这首诗的文字与《青琐高议》有出入，但意思都是说有红叶、诗句作媒，二人才得成好事，是"天合"，非媒妁的力量。这首诗虽然没有赞颂月老系赤绳的功劳，但也没有谴责月老的意思，可是这样竟也得罪了月老。月老为了报一己私怨，故意让韩氏夫人转世，嫁给可恶的赫连勃兀。不知道为什么阴差阳错，竟然错系了薛阿丽，造成了薛阿丽的悲愤之情，月老的荒唐，可见一斑。难怪作者在总批中说："为飞燕、太真又结一案，令人绝倒。韩夫人一段，不过文字波澜耳，恰收拾到薛阿丽身上，精巧神奇，天衣无缝，妙绝，妙绝。"御沟红叶本是人间男女奇缘，可是作者故意将这个故事捏合到毫无干系的薛阿丽身上，顿时变成了人间婚姻悲剧。这一情节的逆转，得益于作者巧妙地添加了韩氏婚后题的一首诗；因诗而得罪月老未见得真，但世间错配的姻缘，又有多少有根据可查？这些小说多少反映了古代强媒逼婚的社会现实。因此，即使给你上天诉屈的机会，你也没有办法翻身：一切姻缘自有天配，任你如何挣扎，也无法求得男女平等的良缘佳偶，所有才子佳人的梦想，都是虚无缥缈的事情。

以上这些小说演绎了诗词背后的故事，扩大、增饰了诗词故事的写作细节，这些成功的经验告诉我们一个道理，把诗词融会于小说之中，增强了故事性，加深了人们对诗词的印象与认识；把骚人墨客创作诗词的故事演绎成小说，不但加深了人们对诗词的理解，更能加深对诗人的认识，还了解了创作的过程与创作的技巧。这是从诗词与小说的本身能领悟到的道理。从创作上来看，这些小说作者如此聪明，运用了如此熟悉的材料来创作故事，能翻新出奇，立意新颖，兴趣跃然，这是因为小说作者把握了小说吸引人的第一要素：趣。

"趣"之外是巧，技巧能将熟题材做出新意思，情节跌宕，兴味盎然，这是快捷有效的小说创作手法。你看，"白日见鬼"，利用小品文的创作技巧，以诙谐的笔调，巧妙地将不同朝代的著名诗人联结在一起，可谓想象大胆，此一层；假拟不同朝代的著名诗人相聚一堂，把酒吟诗，共话西湖情态，刘过与辛弃疾之情，白居易、林逋与苏东坡之情，众人之情，争相辉映，场面多么具有视觉冲击的效果，此二层；词作创造性地把诗人突显于词中，成为词中形象之一，"我"在享受"醉度浙江"的"快哉"时刻，却被三位大诗人勒转车驾，不得不回头，此三层。词为艳科，也能这样生动形象，若是引入小说中，又该多有魅力。以上所述春词与杭州西湖词聚合的故事，以及小说释事的分析，还有才女穿越时空共话才情的创作方法，给小说创作带来了传统而又鲜活的气息，具有很强的可操作性。

六 古代小说诗词影响举例

中国古代小说很早就传播到西方，在流传过程中出现了翻译、改写等情形。由于审美文化存在差异，中国古代小说在传播、翻译、改写过程中，诗词的引用也被处理过了。李小龙在《中国古典小说回目研究》中论及高罗佩《狄公案》系列小说的英文创作与中文翻译及其回目设置情况时，也谈到诗词处理与章回体小说的关系。考虑到当今读者的习惯，以《边塞风云》替代《征边纪略》，将原三首十绝重组为一首五律，后四句为"月圆成鸾凤，花好配鸳鸯。心曲诉深闺，肝胆照愁肠"，认为"译者对章回体制特点的删削与其说背离毋宁说遵循了高罗佩的精神，从而迎合了新的中国读者的接受期待"。高罗佩自己汉译的《狄仁杰奇案》除了章回体套语外，还有许多章回体的特征，如开篇调寄《临江仙》一阕，词云："运转鸿钧包万有，日星河岳胎鲜。人间万物本天然。恢恢天网密，报应总无偏。在位古称民父母，才华万口争传。古今多少圣和贤。稽天行大道，为世雪奇冤。"由此可见，中国古代小说为西方人所接受、模仿时，其对诗词的引用或处理情况是衡量一个西方作家是否熟知中国古代小说文体特征的标志，也是其是否熟练掌握这种创作特征的印证。

诗词在古代小说创作中占据了极其重要的地位。虽然现当代小说已经不以引诗为基本特征或创作手段，但是很多文人还是喜欢运用这种耳熟能详的传统手法。如民国的鸳鸯蝴蝶派、金庸的武侠小说和琼瑶的言情小说。好的诗词可以给现当代小说增添一丝情意，使其缠绵而有情韵。

（一）日本小说的中国诗味

古代中日文化交流频繁，日本各时期的叙事文学无论是内容还是形式都不同程度地神似或形似中国古代小说。但由于审美文化差异等因素，日本叙事文学又通过"变异"、杂糅等手段将之与本土文学因素相融合，因此，在诗词引证方面呈现出既继承又变异的形态。

如11世纪日本女作家紫式部创作的著名的《源氏物语》，被称为"日本的《红楼梦》"，其引诗的情况也非常相似。全书插入多种和歌与汉诗，有研究者指出这部小说在152处情节进展点上，布设了131节选自中国文学作品中的文句和诗句，这还不包括引用日人汉文作品。模仿《水浒传》而创作的《忠臣水浒传》也引用了大量的赋赞、七绝、五绝、对句，其中又以七绝最多，与中国的《水浒传》相似。我们可以通过一组数字来直观地看到这种特性：《忠臣水浒传》56处引诗中七绝为26首，占全部引诗

比例的 46%，《水浒传》引诗也以七绝为主，所占比例约 30%，
但《水浒传》的诗体比《忠臣水浒传》要丰富许多，如词，《忠
臣水浒传》一首未引，《水浒传》则比较普遍。律诗在《忠臣水
浒传》中只在最末章结尾处引一首，而《水浒传》则征引了较多
的律诗，保留较多中国传统文化特征，如其神情容貌的描绘方式
皆与中国古代人物描绘习惯如出一辙。如《忠臣水浒传》第一回
有"那装束姿容确是十分风流动人"，但见：

> 斜插金钗映乌云，巧裁翠袖笼瑞雪。口喻樱桃，微红浅
> 晕；手同春笋，嫩玉半舒。脸似三月娇花，暗藏风情月意；
> 眉如初春嫩柳，常含雨恨云愁。玉貌妖娆，芳容窈窕。若非
> 月宫嫦娥下界，定是贝阙龙女出游。

运用铺排的手法，以物喻人，混杂四六句式，完全是一首人
物赋。再看这女子的眉间脸上，想其玉貌体态，有似曾相识的感
觉，如果不特别说明的话，估计我们还以为在阅读正宗的中国章
回小说呢。

小说的引诗通常用于描写、抒情、议论。具体而言，在明清
的通俗小说里，作者极惯于在小说里穿插诗词用来描摹风景、建
筑、人物形貌及概括复述、启示后文故事情节等。从日本小说引
入诗词所发挥的功能来看，与中国古代小说如出一辙，甚至直接
搬用了中国古代小说的诗词。《忠臣水浒传》第一回为了描述

"那宫殿光景，果然是座好灵庙"，以下引诗一首：

> 青松屈曲，翠柏阴森。门悬敕额金书，户列灵符玉篆。石阶下流水潺湲，墙院后好山环绕。鹤生丹顶，龟长绿毛。僧侣日夜打坐修行，毫不懈怠，诵经与金铎之声，响于庙廊内外。

不得不说，这一种摹景状物的方式，不仅是从中国古代小说中继承而来，并且深得其精髓。我们再看《水浒传》第一回"太尉看那宫殿时，端的是好座上清宫"。但见：

> 青松屈曲，翠柏阴森。门悬敕额金书，户列灵符玉篆。虚皇坛畔，依稀垂柳名花；炼药炉边，掩映苍松老桧。左壁厢天丁力士，参随着太乙真君；右势下玉女金童，簇捧定紫微大帝。披发仗剑，北方真武踏龟蛇；靸履顶冠，南极老人伏龙虎。前排二十八宿星君，后列三十二帝天子。阶砌下流水潺湲，墙院后好山环绕。鹤生丹顶，龟长绿毛。树梢头献果苍猿，莎草内衔芝白鹿。三清殿上鸣金钟，道士步虚；四圣堂前敲玉磬，真人礼斗。献香台砌，彩霞光射碧琉璃；召将瑶坛，赤日影摇红玛瑙。早来门外祥云现，疑是天师送老君。

比较二者，《忠臣水浒传》在篇幅上略简短，没有过多铺排夸饰。中国古代小说中描绘山水的诗，大多是铺排夸饰的，最早源自汉赋，又经魏晋山水诗、盛唐山水诗的发展，对于中国的读者来说，是土生土长而根深蒂固。而日本小说所接受的直接源头来自明清小说，所以在诗词引入的时候，作了符合本国受众审美能力的简写处理。当然，这种简写似乎并没有损害引诗的功能。《忠臣水浒传》引诗虽然较《水浒传》为简，但在清幽、氤氲氛围的摹绘上所达到的目的已经实现了。不难看出，《忠臣水浒传》作者其实深谙中国古代小说在山水诗的摹景绘色中的规律。描写自然之景，定然青松、翠柏、流水潺潺；描写寺庙，定然廊檐森森，宝殿富丽。在"景点"的选取上，是按套路的。从这一点上看，作者直接抽取了原诗的主要部分加以沿用，并有一些改进。

同时，日本小说对中国古代小说的诗词引入传统作了改造，发生了变异。首先是体制性诗词不见了。中国通俗小说的体制一般为题目、篇首诗词、入话、头回、正话、收束和篇尾诗词几部分组成，但到了日本，篇首诗词、入话、篇尾诗词几个部分消失了。这大概是因为日本小说缺乏说话阶段的经历，以及对纯文本阅读的本民族审美接受需求而言，篇首、入话、散场诗的套式不是必要的，况且这样还阻碍了情节流畅。其次，引入诗歌的倾向发生了变化。在都贺庭钟的作品中，原作中有些诗经他换成和歌，说教味道淡化了，含蓄意蕴增强了，如《喻世明言》之《闹阴司司马貌断狱》中司马题诗："得失与穷通，前生都注定。问

彼注定时，何不判忠佞？善士叹沉埋，凶人得暴横。我若作阎
罗，世事皆更正。"五言律诗，强调"忠奸"有别，思慕清正官
员的出现，但又无法摆脱"命定"思维，说教味浓。翻案小说
《纪任重至阴司断滞狱》改为纪任重吟和歌一首："むさし野や行
けども秋のはてぞなさいかなる风の末にふくろん。"和歌形式，
以象征手法抒写纪任重郁闷情怀，说教味变淡。《警世通言》之
《俞伯牙摔琴谢知音》中伯牙在子期墓前所诵短歌长达 15 句，而
翻案小说《丰原兼秋听音知国之盛衰》只引用了《古今和歌集》
卷一佚名的一首和歌："不知来何处，山中叫唤声；一声呼子鸟，
汝在为谁鸣。"（杨烈译）抒发痛失知音的哀痛之情。

　　这里通过举例的方法来说明，日本小说对中国小说引诗既继
承又变异的表现。《喻世明言》之《金玉奴棒打薄情郎》写团头
（乞丐头目）为招女婿大摆筵席，花子（乞丐）大闹酒席，引入
一段场景赋：

　　　　开花帽子，打结衫儿。旧席片对着破毡条，短竹根配着
　　缺糙碗。叫爹叫娘叫财主，门前只见喧哗；弄蛇弄狗弄猢
　　狲，口内各呈伎俩。敲板唱杨花，恶声聒耳；打砖搭粉脸，
　　丑态逼人。一班泼鬼聚成群，便是钟馗收不得。

　　这段赋有对偶，帽子之破与衫儿之旧对偶，为乞儿之初印
象。接着用旧席片与短竹根相对，再配以破毡条、缺糙碗，乞儿

的动作神态毕现。叫爹叫娘与弄蛇弄狗句内对、隔句对，重复中带着变化的句式，把群丐会聚的乌合之众场景全盘放出，"喧哗""伎俩"可见无序无规则的态相。云板与杨花，是中国乞儿的看家本领，是求食的拿手戏，却为"恶声"与"丑态"，将行乞阶层破落的本性展露。最后，为了扩大金玉奴与莫稽的身份差异，即突出乞儿的丑态，与莫稽自认高贵相形，说他们是"泼鬼聚成群""钟馗收不得"，赋词之句中也渗透着娱乐性，故意把乞儿的群相夸张描摹，引人发笑。"闹"字成为此赋的核心，可见金癞子因妒忌金团头的女儿嫁了个读书人而"蒿恼他一场，教他大家没趣"的不良目的已经达成，这场景真的惹怒了莫稽，莫稽更加认为娶团头女儿是失了志气，当他高中科举功名之后，真的下狠手要杀死金玉奴，再娶娇妻。这篇赋用极其夸张的手法渲染乞儿们的动作与行为，成为事发的导火线，在反复多次受到这样的刺激下，莫稽深以为耻，再"包着一肚子忿气"，终于动了杀妻再娶的念头，可见这赋不是可有可无的，其艺术威力亦可见一斑。

日本小说对此篇目进行了翻译再修改，题目叫《马场求马沉妻成樋口婿》，也引用一首以铺排见长的唱词，以形容乞儿闹宴的场景：

哥儿们同气相求好壮观，捧着癩碗披着破席吟诗难。肩上缠着破褂子，手里拿着竹竿和讨饭碗。或在脸上涂红土，直把瘟神送天边。或将大蛇在脖上缠，竿头还要着个破饭碗。敲着竹板把平家唱，丑态百出花样翻。这帮穷魔鬼，即使请来神钟馗，驱逐他们也是难上难。

众乞丐大闹净应家（蒙小玉）

这是仿原词改写而成，乞儿们穿着的破旧、外貌的怪异、动作的不雅、行为的下流，均与原作相一致。但同中有异，中国唱的是莲花落，日人唱"平家"歌谣，各逞其技"好壮观"，同样将花子们"吟诗难"的气质刻画得穷形尽相。

（二）琼瑶小说的古典诗意

台湾言情小说大家琼瑶的许多小说都受到古典诗词的影响。她的笔名就取自《诗经·木瓜》："投我以木桃，报之以琼瑶。匪报也，永以为好也!"取"琼瑶"二字之字意，很古雅、高洁。

琼瑶的言情小说受古典诗词影响的第一个表现是她的小说题目多来自诗词，整部小说的意境也受这些诗词的启发。《在水一方》出自《诗经·蒹葭》"所谓伊人，在水一方"；《几度夕阳红》来自杨慎的《临江仙》词"青山依旧在，几度夕阳红"；《青青河边草》出自汉乐府《古诗十九首》"青青河畔草，郁郁园中柳"；《月满西楼》和《却上心头》来自李清照《一剪梅》词"雁字回时，月满西楼。……此情无计可消除，才下眉头，却上心头"；《菟丝花》源自李白的《古意》"君为女萝草，妾作兔丝花"；《剪剪风》出自韩偓《寒食夜》"恻恻轻寒剪剪风，杏花飘雪小桃红"；《庭院深深》一书的书名，出自宋朝欧阳修的《蝶恋花》"庭院深深深几许?杨柳堆烟，帘幕无重数"；《人在天涯》来自马致远的《天净沙·秋思》"夕阳西下，断肠人在天涯"等。这些小说从题目看就充满了诗的意韵，其人物情节，也以诗般的意境而闻名。《六个梦·哑妻》《还珠格格》均引用了汉乐府民歌《上邪》："上邪!我欲与君相知，长命无绝衰。山无陵，江水为竭。冬雷震震，夏雨雪。天地合，乃敢与君绝。"这是有名的爱情誓词，琼瑶用在这些讲义气、有情义的人物身上，其决"绝"的意味更强烈，但坚贞、英勇的特质也更与人物性格相一致。

琼瑶的言情小说受古典诗词影响的第二个表现是小说人物姓名多采自古典诗词，有时候还模仿古代小说以主要人物姓名之一

琼瑶全集《在水一方》封面

字组合成名的命名方式。如《碧云天》中的男女主人公俞碧菡、萧依云、高浩天，每人借用一个字，连起来正是小说名《碧云天》，像《金瓶梅》三字分别来自三个主要女性的名字潘金莲、李瓶儿、庞春梅。又如《庭院深深》中的"章寒烟"出自范仲淹的词作《苏幕遮》"秋色连波，波上寒烟翠"之句。《却上心头》中的"祝采薇"来自《诗经·小雅》的"采薇采薇，薇亦作止"。其他众多人物的姓名也非常富于诗意，一看就像有文化的诗书人家，哪怕是小户人家出身，也富于小家碧玉的气质。就像《诗经》与《楚辞》中的香草美人一样散发着高贵的气息，丑的事物也就更容易显露出来。因此，琼瑶小说中的丑的人物也相对容易辨认，其特征也非常明显。想见琼瑶对《诗经》与《楚辞》浸淫已久，深得其气质之精髓。

琼瑶的言情小说受古典诗词影响的第三个表现是小说主题的设置与富于古典诗意的题目契合。如《心有千千结》多次引用宋初词人张先的词作《千秋岁》："数声鶗鴂，又报芳菲歇，惜春更把残红折。雨轻风色暴，梅子青时节。永丰柳，无人尽日飞花雪。　　莫把幺弦拨，怨极弦能说。天不老，情难绝。心似双丝网，中有千千结。夜过也，东窗未白孤灯灭。"小说讲述了富家子弟耿若尘和出身贫寒的女子江雨薇的爱情故事。"耿若尘"这名字起得仿似超凡出俗，但实际上"若尘"就是纤芥毫微的指向，有无足轻重的意思。但在爱情的世界里，这些都无足轻重的，因为耿若尘虽是私生子，形成了极度自尊又自卑的矛盾性格，但他才华横溢，精明能干。又得耿家私人护士江雨薇的爱恋和帮助，最终在经历了人生的挫折和生活的磨炼后，可以真正明白"天不老，情难绝，心似双丝网，中有千千结"的含义，二人成为一对幸福的知心爱人。"爱情"与"身份"的纠结、痛苦被伟大的爱情感染了、感化了，战胜了世俗的眼光与心理的障碍，获得了幸福。"心有千千结"强调的是过程的艰难，包括心理与世俗的眼光，这正是琼瑶爱情小说的最大卖点——千回百转的过程纠结。又如《在水一方》引用《诗经·蒹葭》："蒹葭苍苍，白露为霜。所谓伊人，在水一方。溯洄从之，道阻且长。溯游从之，宛在水中央。"诗意大致讲的是追求对象既美丽又朦胧难及，但是追求者的心永远追随，永远坚持。琼瑶小说则讲述了美丽坚强的孤女杜小双，得到腿有残疾的世家公子朱诗尧热烈的暗恋和真挚的关爱，但朱诗尧的热恋就像《诗经》中的诗意一样，是"在水一方"的安静、执着，默默地等待和思念。小说反复用这首诗营造悠远而朦胧的氛围，又能透过虚妄，突围现实，反映了情爱的坚贞。在反映人物内心世界的微妙感受的时候，又让人浮想联翩。

　　第四个表现，琼瑶极善于在恰如其分的时候引用古诗词，这种浸骨的古典浪漫情怀，使小说行文处处散发诗词固有的典雅与忧郁。琼瑶出身书香世家，儿时所接受的是传统儒学教育，这种古典浪漫情怀化为一首首典雅的诗词落在她的小说中，为小说增添了许多古色古香的气息。可以这么说，琼瑶是一个始终坚持才子佳人故事模式的创作者。在琼瑶的小说中，男主角多是翩翩君子、谦谦多才；而女子虽性格各异，也大多是韶华淑女、锦心绣口。故事情节离奇巧合，爱情故事历经磨难。想想，这不正是古代才子佳人小说的套路吗？"吟霜""浣清""含烟山庄""水云间"，字字珠玑。这看似信手一拈的人名和灵光一闪的地名，处处投射出琼瑶的古典主义浪漫情怀。

　　《几度夕阳红》是琼瑶的第四部小说，写的是两代人在不同年代离奇曲折的爱情故事。小说的第一部分，梦竹的女儿晓彤在一次同学的生日宴会上，认识了青年才俊魏如峰，两人一见倾心，双方家长也同意了这门亲事。但当魏如峰家去晓彤家做客以后，晓彤的父母不仅不再同意这门亲事，还经常吵架，非常痛苦。原来将魏如峰抚养长大的姨夫何慕天竟然是梦竹以前的情人。第二部分，故事回溯到抗战时期，在美丽的嘉陵湖畔，美丽的女孩爱上了风度翩翩、才学八斗、写得一手好诗的何慕天。何慕天在回老家与原配妻子离婚时遭到各种阻挠，延迟了约定归期。苦等不来的梦竹到其老家寻找何慕天，不仅没有见到何慕天，反而被原配妻子奚落了一番，并恶意欺骗说何慕天又去和别人好上了。怀着身孕万念俱灰的梦竹自杀不成，后嫁给了救她的杨明远。第三部分，小说的结局是大家的矛盾解除，晓彤和魏如峰幸福地生活在一起，并认了自己的生父何慕天。这个故事的背景是从近代到现代，但是小说却浸润着浓厚的文墨气息。首先，每一部分都有一个类似于古代小说起始部分的"篇首诗"，如第一部分：

> 时间：一九六二年夏　地点：台北
> 是非成败转头空，青山依旧在，几度夕阳红！
> 因甚斜阳留不住？翻做一天丝雨！

"是非成败转头空"这几句诗想必大家都很熟悉，出自明代诗人杨慎的词《临江仙》，因为小说《三国演义》将其用于开篇引词而为广大读者熟知。琼瑶不仅截取其中一句作为篇名，还特意在开篇引用，奠定了琼瑶小说惯有的寒凉与忧伤：多少恩恩怨怨、痴痴绵绵，到头来，不过是一场往事如烟。此外，男主角何慕天、女主角梦竹都写得一手好诗词，于是诗词成了他们表达心事、传情达意的最好方法，与古代才子佳人小说中以诗传情的情节相似。"春漠漠，香云吹断红文幕。红文幕，一帘残梦，任他飘泊。　　轻狂无奈东风恶，蜂黄蝶粉同零落。同零落，满池萍水，夕阳楼阁。"这是梦竹与何慕天陷入初恋时引用的一首词《忆秦娥·杨花》（清代陈子龙作），春的绵漠让人惆怅，红文幕美丽非常，可是却被香云"吹断"了，这是什么场景？不禁感叹"残梦"一帘，只能"飘泊"，可是飘到哪里去呢？这还不是最悲哀的，更悲哀的是，连那些蜂黄蝶粉也耐不住恶薄的东风摧残，跟我一样，零落随下，铺满了布满浮萍的池水，还有夕阳下的楼阁，谁来怜惜？情丝缠绵，这满纸的忧郁和哀伤，恰如黛玉吟唱《葬花吟》："花谢花飞花满天，红消香断有谁怜。游丝软系飘春榭，落絮轻沾扑绣帘。"闺怨，原是小说里的崔莺莺、林黛玉们固有的表达方式。还有谁比多情的女作家琼瑶更懂得这情窦初开的少女情怀，任何描述的语言都不如一阕婉约到极致的词，更能遣怀这"欲说还休"的心绪。

这就是琼瑶小说，包括被改编成的影视作品，为什么如此动人，为什么能引起万千少女、少妇的同情与眼泪，为什么至今尚无人、无作品能超越或替代的缘由。

（三）"鸳鸯织就欲双飞"的理想

《天龙八部》在利用词体之句进行回目制作的技巧上让人感叹，但更多的是，为其小说内容均渗透着古代诗词韵味的创作所折服。《射雕英雄传》引入的"四张机"词就十分有意味。早在第一回《风雪惊变》中，金庸就引入了一首七绝，模仿的是古代小说民间艺人敲云板、走江湖、说兴亡的情景。书云：

> 两株大松树下围着一堆村民，男男女女和十几个小孩，正自聚精会神的听着一个瘦削的老者说话。那说话人五十来岁年纪，一件青布长袍早洗得褪成了蓝灰带白。只听他两片梨花木板碰了几下，左手中竹棒在一面小羯鼓上敲起得得连声。唱道："小桃无主自开花，烟草茫茫带晚鸦。几处败垣围故井，向来一一是人家。"那说话人将木板敲了几下，说道："这首七言诗，说的是兵火过后，原来的家家户户，都变成了断墙残瓦的破败之地。小人刚才说到那叶老汉一家四口，悲欢离合，聚了又散，散了又聚。"

这个场景完全是陆游诗"斜阳古柳赵家庄，负鼓盲翁正作场。死后是非谁管得，满村听说蔡中郎"所讲述的情景，"这首七言诗说的是……"也是古代话本小说模拟说话人的口气所写。后面讲说叶老汉"一家四口"时，还不时地使用古代小说中的前导语"正是"引出对句，如"阴世新添枉死鬼，阳间不见少年人"，还有"可怜她"引出的"花容月貌无双女，惆怅芳魂赴九泉"与"常言道得好""为人切莫用欺心，举头三尺有神明。若还作恶无报应，天下凶徒人吃人"。如果不是署名作品，估计大家还以为在阅读古代章回小说呢。

《射雕英雄传》运用诗词入小说最成功之处，应该是用一首古乐府串联了一老一少两对男女的爱情线索，使其情意绵绵，感人至深，为武侠小说的刀光剑影涂上了一层柔和的色彩。首先，瑛姑与周伯通老一辈的痴情为"英雄"主线之下的副线，其间涉及武林英雄的脸面，因此是"隐情"的悲剧；其次，以年轻的郭靖与黄蓉的离合及与华筝的感情纠葛为折射，均以"鸳鸯织就欲双飞"的"欲"之满足与否为线索。

"四张机"，为瑛姑与周伯通相好时弹唱的一首词曲，其悲情让一代武侠大师一灯大师也不禁为之动情，其实这个词调出自《古乐府诗词》。第十七回"双手互搏"写到受伤中的周伯通意识朦胧地念诵的情形：

> （郭靖）忙着替他推宫过血，却全然无效，去摸他小腿时，竟是着手火烫，肿得更加粗了。只听他喃喃的道："四张机，鸳鸯织就欲双飞……"郭靖问道："你说甚么？"周伯通叹道："可怜未老头先白，可怜……"郭靖见他神智胡涂，不知所云，心中大急。

周伯通表面是爱玩的老顽童，但实际上却是情藏于心底最深处的情种。他在神智迷糊的时候，情不自禁地吟出了瑛姑所作所赠之词，可见他潜意识里对瑛姑也有发自内心的爱，不过被"朋友妻不可欺"的江湖义气所束缚，始终不能敞开心怀，长期抑郁于心，表面却装作乐观天真无邪，这样的隐忍更让读者同情其凄美的情感。又，第二十九回《黑沼隐女》也呼应：

《射雕英雄传》1983年版剧照《四张机》

瑛姑回过头来，见他满头大汗，狼狈之极，心中酸痛："我那人对我只要有这傻小子十分之一的情意，唉，我这生也不算虚度了。"轻轻吟道："四张机，鸳鸯织就欲双飞。可怜未老头先白，春波碧草，晓寒深处，相对浴红衣。"……说到这里，目光不自禁的射向瑛姑的满头花白头发，心想："果然是'可怜未老头先白'！"

这里第一次出现全部的词句：四张机，织好了鸳鸯锦帕，希望我们能像鸳鸯一样双宿双飞。但事与愿违，我们未老，头发已经白了，哪里能像鸳鸯一样白头偕老？看看，春波、碧草依旧，可是我们哪里能够在早上寒冷的时候一起相拥相爱？真是凄苦的情词！周伯通苦，瑛姑更苦，二人情真虽同，但是对囿于礼教、江湖规矩无法结合的寂寞与绝望，其情感处理的方式却不同，周伯通是选择了隐忍与乐观，"得罪朋友"的执念一直让他无法直面。瑛姑选择了直面而抑郁，因此在失去情人及与情人所生的儿子的时刻，白了少年头（才十八九岁），正应了词中所说"可怜未老头先白"，词的缠绵悱恻与现实三人的怨恨形成呼应，深情而恨、深情而愧疚。

第三十一回《鸳鸯锦帕》由一灯大师，也就是段皇爷详细地讲述了瑛姑与周伯通、一灯大师的情感纠葛过程，以及锦帕的来历，还有这首"四张机"词的来源。瑛姑与周伯通、段皇爷的感情纠葛大致如此：南帝对刘贵妃也就是瑛姑宠爱有加，教她武功，瑛姑对段皇爷也十分随顺。可是段皇爷深迷武功，竟然冷落了瑛姑，这时候，瑛姑却爱上了正在皇宫无所事事的皇爷朋友周伯通，二人私通生子，那锦帕就是瑛姑送给周伯通的定情物。后来，段皇爷无法释怀，周伯通也"知错就改"，离去了，致使三人一生怨恨不已。当瑛姑与周伯通的儿子死后，瑛姑为情人、为儿子迷了心性，一夜白头，十多年来在怨恨中生活，誓要报仇雪恨。小说多次渲染了瑛姑、周伯通与一灯大师对这首词的感受与听到词之后的反应，用悲伤的词调渲染了他们三人错爱、误认与误会的感情纠葛，词是三人隐隐的爱，也是三人隐隐的痛，侠与情、情与侠的悲凉跃然纸上。特别是第三十五回，当黄蓉威胁周伯通而念出"四张机，鸳鸯织就欲双飞"时，周伯通竟然吓得魂飞魄散，可见消逝的是时间，而爱的伤痛是无法平复的。这使更年轻的江湖侠侣郭靖与黄蓉也深有感触，体味至深：

　　　　郭靖怔怔的望了半晌，见画边又题了两首小词。一词云："七张机，春蚕吐尽一生丝，莫教容易裁罗绮。无端剪破，仙鸾彩凤，分作两边衣。"另一词云："九张机，双飞双叶又双枝，薄情自古多离别。从头到底，将心萦系，穿过一条丝。"

这两首词自是模仿瑛姑"四张机"之作，但苦心密意，语语双关，似又在"四张机"之上。郭靖虽然难以尽解，但"薄情自古多离别"等浅显句子却也是懂的，回味半日，心想："此画必是蓉儿手笔，鲁长老却从何处得来？"（第三十七回《从天而降》）

郭靖在世俗观念束缚、黄药师的权威压制与华筝的情感冲突下，不得不与黄蓉分离的这期间，总是念念不忘黄蓉的身影。这时，聪明的黄蓉以画传情意，依据"四张机"改写成"七张机"与"九张机"词，表达的是"两边衣""薄情自古多离别"的伤感，以及希望"从头到底，将心萦系，穿过一条丝"的情感意向。正如小说所说，就算郭靖是傻子，也能理解黄蓉的心意。江湖侠客除了刀光剑影、尔虞我诈、浪迹天涯外，还有为情所困，以情寄词，词证心迹成为其特色。郭靖看见两首小词模仿自瑛姑的"四张机"，这几阕词的特点就是"苦心密意，语语双关"，能够把既"薄情自古多离别"，可是又"从头到底，将心萦系，穿过一条丝"的情感纠葛，绵密地展现出来，刻骨铭心的爱使人形销骨立，使瑛姑与周伯通的至纯至爱之情这条线贯通全书，又与郭靖与黄蓉的分分合合的线互相对照，相得益彰，使"侠骨与柔情"相兼的武侠小说更具阅读魅力。

在瑛姑与周伯通纠缠间，这几首词反复出现，以诗传情，是瑛姑与周伯通感情压抑、无法抒泄的唯一渠道。这就源于书中提出了一个伟大的命题：英雄能不能谈恋爱？朋友之妻可不可以相恋？儿女私情可以得到世俗的谅解吗？显然，儿女私情人皆有之，可是江湖武林人士的束缚太多，因此，瑛姑与周伯通之恋情，始终是秘密进行的，故成了一灯大师、瑛姑与周伯通三人的心病，一直未能解脱，为此，瑛姑白了少年头，周伯通只能玩世不恭。而郭靖与黄蓉的爱情则是公开的，甚至公开挑衅武林盟主黄药师的权威，挑战江湖规矩，挑战了社会伦理。期间，"七张机""九张机"为之渲染了浓郁的悲情，强化了情感悲剧，哪怕郭靖与黄蓉最终能结为连理，但是华筝的牺牲，将是永远的痛楚，悲剧的氛围不会减弱。

此外，《射雕英雄传》还引入宋代戴复古《淮村兵后》、晚唐诗人钱珝《江行无题》、岳飞《满江红》词、朱敦儒《水龙吟》、曹植诗、林升诗等，还依据《诗经·关雎》诗意改了篇"好逑汤"，非常有趣。不过，好像金庸把《射雕英雄传》当古代章回小说来写了，因为他在第二十九回《黑沼隐女》处连引了五处四首《山坡羊》曲子，还说这是用云南口音腔调唱出，又软又糯，好听得很。还进一步解释说是唐宋时流传的民间曲子，语句俚俗，流传至今。虽然切合讲述云南历史兴亡的小说情景，金庸在本回结尾也作了注，解释了在这小说里采纳《山坡羊》曲子的缘由，但未免也太多了，古代章回小说也不过如此。难怪被人笑其"宋代才子唱元曲"，好像隋炀帝作《望江南》一样呢！

（四）"问世间，情是何物"的现实

金庸武侠小说以严密的逻辑见长，可是他的小说之所以有经久不衰的魅力，还在于在侠骨间渗透着一股柔情。他的武侠小说渗透着刻骨铭心的爱情，爱情因素

越女采莲图（蒙小玉）

得到了强化，还特别喜欢用凄美的情词作为媒介，催化感情的爆发力。其中《神雕侠侣》是经典之作，如果说《射雕英雄传》的主线是"英雄"之传，感情不过是"隐情"，仅作为副线的话，那么在《神雕侠侣》里则是主线，"侠侣"二字统摄全书，实为"情魔"之传。《神雕侠侣》早在小说开篇，即引江南采莲之曲：

越女采莲秋水畔，窄袖轻罗，暗露双金钏。照影摘花花似面，芳心只共丝争乱。　　鸂鶒滩头风浪晚，雾重烟轻，不见来时伴。隐隐歌声归棹远，离愁引着江南岸。

这首曲子是什么意思呢？小说中的文字则成为最好的鉴赏语："一阵轻柔婉转的歌声，飘在烟水蒙蒙的湖面上。歌声发自一艘小船之中，船里五个少女和歌嬉笑，荡舟采莲。她们唱的曲子是北宋大词人欧阳修所作的《蝶恋花》词，写的正是越女采莲的情景，虽只寥寥六十字，但季节、时辰、所在、景物以及越女的容貌、衣着、首饰、心情，无一不描绘得历历如见，下半阕更是写景中有叙事，叙事中夹抒情，自近而远，余意不尽。欧阳修在江南为官日久，吴山越水，柔情蜜意，尽皆融入长短句中。宋人不论达官贵人，或是里巷小民，无不以唱词为乐，是以柳永新词一出，有井水处皆歌，而江南春岸折柳，秋湖采莲，随伴的往往便是欧词。"正如古代小说一样，引入一首诗词开篇之后，进行解释，但与古代小说引导向教化与道德取向不同，金庸这篇文字是散文的，纯粹是对原词原本之意的解说，"虽只寥寥六十字，但季节、时辰、所在、景物以及越女的容貌、衣着、首饰、心情，无一不描绘得历历如见"之语得欧词之神髓，这词又正合小说下面要讲故事的背景，真是神来之笔。

其实金庸小说一直尝试这种开头引诗词的传统做法，如《书剑恩仇录》旧版引有辛弃疾《贺新郎》词，旧版《射雕英雄传》开头引入林升的"山外青山楼外楼"诗，首开其风，此后的《神雕侠侣》，接下来的《倚天屠龙记》也使用了同样的方法引用诗词：

春游浩荡，是年年寒食，梨花时节。白锦无纹香烂漫，玉树琼苞堆雪。静夜沉沉，浮光霭霭，冷浸溶溶月。人间天上，烂银霞照通彻。　　浑似姑射真人，天姿灵秀，意气殊高洁。万蕊参差谁信道，不与群芳同列。浩气清英，仙才卓荦，下土难分别。瑶台归去，洞天方看清绝。（《倚天屠龙记》第一回）

正像古代小说一样，引用诗词之后，有过渡语对这词的作者、来历、意义进行解说："作这一首《无俗念》词的，乃南宋末年一位武学名家，有道之士。此人姓丘，名处机，道号长春子，名列全真七子之一，是全真教中出类拔萃的人物。《词品》评论此词道：'长春，世之所谓仙人也，而词之清拔如此。'这首词诵的似是梨花，其实词中真意却是赞誉一位身穿白衣的美貌少女，说她'浑似姑射真人，天姿灵秀，意气殊高洁'，又说她'浩气清英，仙才卓荦'，'不与群芳同列'。词中所颂这美女，乃是古墓派传人小龙女。她一生爱穿白衣，当真如风拂玉树，雪裹琼苞，兼之生性清冷，实当得起'冷浸溶溶月'的形容，以'无俗念'三字赠之，可说十分贴切。长春子丘处机和她在终南山上比邻而居，当年一见，便写下这首词来。"上述文字说明了词的作者、作者的生平、词的艺术水平、《词品》的评价、词中的主旨与作者的辨析。解说清楚，将词与小说联系起来，进入正题，其过渡语如下："这时丘处机逝世已久，小龙女也已嫁与神雕大侠杨过为妻。在河南少室山山道之上，却另有一个少女，正在低低念诵此词。"这人是谁呢？为什么要念诵此词呢？且看小说！这就是金庸成功运用古代小说开篇引诗方式编创小说的好典型，《侠客行》引李白《侠客行》古风亦效仿这种做法。

《神雕侠侣》在引入《蝶恋花》词并进行解释后，书入正题，就在这美丽的江南湖畔，美丽的少女邂逅的是一个为情而疯的武三通，引出了女魔头李莫愁。于是，金庸这部小说贯穿始终的哲学命运出现了：问世间，情是何物，直教人生死相许？李莫愁不时念诵的诗词"问世间，情是何物"来自元代元好问的《摸鱼儿》，这首词在词学界的传播不是特别广，但经金庸反复使用，在当代得到了极大的传扬。小说第一回《风月无情》中随着"万籁俱寂"氛围的铺垫，一阵轻柔的歌声飘来，是那吐字清亮的："问世间，情是何物，直教生死相许？"大家凝神之际，第三句歌声未歇，那个杀人不眨眼、令人闻名丧胆，可是又美貌非凡的赤练仙子李莫愁撞了进来！气氛、歌声、行为，形成强烈、鲜明的对比，带来了很震撼的艺术效果，以下全书基本上以绝情谷与情花为两大象征意义的想象展开，提出了"情是何物"的终极追问。直到小说第十五回《东邪门人》，李莫愁因听《流波》箫歌，触动当年与爱侣陆展元相恋的情景，才在箫声中抗调纵声唱出词

的上阕:

> 问世间,情是何物,直教生死相许?天南地北双飞客,老翅几回寒暑?欢乐趣,离别苦,就中更有痴儿女。君应有语,渺万里层云,千山暮雪,只影向谁去?

2014 年版电视剧《神雕侠侣》插曲词谱

这下子,李莫愁压抑已久的感情才得以尽情发泄,所以书中说:"箫歌声木来充满愉乐之情,李莫愁此歌却词意悲切,声调更是哀怨，且节拍韵律与'流波'全然不同，歌声渐细，却是越细越高。""只听得李莫愁歌声越转凄苦"，如此反差巨大的箫歌唱哭，何等惊心动魄！因此，陆无双"但听她哭得愁尽惨极，回肠百转，不禁也心感酸楚"，魔力生于此曲，动人之力量可见一斑！幸好程英"料知与李莫愁动手也是徒然送命，当下把心一横，生死置之度外，调弦转律，弹起一曲《桃夭》来。这一曲华美灿烂，喜气盎然……琴声更是洋洋洒洒，乐音中春风和畅，花气馨芳"。以欢乐化解哀情。

第二十九回《劫难重重》，当李莫愁把郭芙点穴之后，离开火场，郭芙听到李莫愁"凄厉的歌声隔着烈焰传了过来：'问世间，情是何物，直教生死相许？'"每一次，都在生死关头唱起这首歌，渗透着李莫愁注定悲剧的人生旅程。生为情，死亦为情，生生死死，皆为情多，参不透，看不明，真是凄凉无比。小说第三十二回，终于进入高潮，直奔小说主题"情是何物"，众人汇聚于绝情谷，大战之后，结束了李莫愁敢爱敢恨的痛苦一生，让人不禁黯然销魂：

> 李莫愁挺立在熊熊大火之中，竟是绝不理会。瞬息之间，火焰已将她全身裹住。突然火中传出一阵凄厉的歌声："问世间，情是何物，直教生死相许？天南地北……"唱到这里，声若游丝，悄然而绝。（《神雕侠侣》第三十二回《情是何物》）

"悄然而绝"，令人哀止。整部小说起于情，推进于情，大结于情。生为情，死亦为情，生生死死，死死生生，烈火中犹无法舍弃的，是情。除了李莫愁，其他人无一不为情所累，公孙止、裘千尺、公孙绿萼、杨过、小龙女、陆无双、武三通、程英……无一不为情所激，无一人能逃脱"情花之毒"，因情生恨，因恨痛下杀手，多少人误于情障，不能自拔，最终"绝情丹"亦无济于事！连那对白雕也是多情种，雄雕死后，雌雕殉情，真是正如苏东坡所感叹的：生死两茫茫！这时候，"陆无双耳边，忽地似乎响起了师父李莫愁细若游丝的歌声……"（第三十八回《生死茫茫》），这是《摸鱼儿》最后一次在这部小说中出现，袅袅余音，已然绝唱。《神雕侠侣》是公认的武侠小说中的情书，其主题皆为"情"字，人物多为情魔，而情魔之情的悲怆，莫过于李莫愁所唱之《摸鱼儿》词。是这首《摸鱼儿》总在情之所之的时刻出现，渲染氛围，催化情节，强化情感，推向高潮，塑造"人""情"世界的恩怨纠葛。

除此之外，《神雕侠侣》还反复引用《诗经》之好句，如"桃之夭夭""既见君子"等，金庸在三联书店版《后记》中也说道："三千年前《诗经》中的欢悦、哀伤、怀念、悲苦，与今日人们的感情仍是并无重大分别。"可见其对《诗经》的尊重与推崇。总之，《神雕侠侣》全面反映了金庸操控古代诗词以营造小说氛围的能力。

（五）以诗词为目创意好

金庸先生的《天龙八部》使用了比较多的诗歌，这给全书带来了独特的韵致，比较突出的是全书的回题由几首词组成。金庸第一部小说《书剑恩仇录》用的是传统的双对七言回目，第二部小说《碧血剑》是五言回目，到了"射雕三部曲"、《天龙八部》、《鹿鼎记》才形成了金庸独特的回目创制风格。《天龙八部》以词为回目最为人赞赏。

少年段誉出大理图（蒙小玉）

《天龙八部》共五册，每册十回，每十回回目为一词，金庸先生在每首词下均注云"以上回目调寄×××·本意"，如第一册为《少年游》词，这一册叙述段誉初出大理、四处游历，到江南，历北地，得遇神仙姐姐王语嫣等主要情节均在本册出现，符合词意；全词如下："青衫磊落险峰行，玉璧月华明，马疾香幽。崖高人远，微步

縠纹生。　　谁家子弟谁家院，无计悔多情。虎啸龙吟，换巢鸾

凤，剑气碧烟横。"全词清新明快，"马疾""崖高"并不影响出游人兴致，"无计悔多情"又合段誉父子性格，是五册当中最无伤感、最为畅朗的情节内容，以下四册多悲剧意味。

第二册为《苏幕遮》，故事以萧峰为主，讲述他力敌群雄、备受考验的经过，悲剧英雄的气概渗透了这一册的文字。萧峰是胡人，金庸先生亦加了注释："以上回目调寄'苏幕遮·本意'。苏幕遮，胡人舞曲也。"讲述胡人的故事使用了胡人的舞曲，故事背景十分切合主题的需要。全词如下："向来痴，从此醉。水榭听香，指点群豪戏。剧饮千杯男儿事。杏子林中，商略平生义。　　昔时因，今日意。胡汉恩仇、须倾英雄泪。虽万千人吾往矣。悄立雁门，绝壁无余字。"其中"剧饮""千杯男儿""平生义""恩仇""英雄泪""万千人吾往矣"等词语与小说讲述的事迹相符，使人似乎看到了范仲淹"碧云天、黄叶地"的苍茫景象。

第三册用《破阵子》，本册主要情节为萧峰领兵争战，被封为南院大王，激荡的英雄豪气，贯通全书。全词如下："千里茫茫若梦，双眸粲粲如星。塞上牛羊空许约，烛畔鬓云有旧盟。莽苍踏雪行。　　赤手屠熊搏虎，金戈荡寇鏖兵。草木残生颅铸铁，虫豸凝寒掌作冰。挥洒缚豪英。"萧峰徒手搏虎豹的雪莽之气，与阿朱、阿紫的纠葛，形成了侠骨与柔情相融的英雄魅力。其中领兵打仗、行军布阵的领袖风范，又与保家卫国的责任感融合成英豪人生的缩影。

第四册用《洞仙歌》，洞仙歌原为唐教坊曲，用以咏洞府神仙。这一册以虚竹为主要人物，讲述他解开"珍珑"奇局，意外得到各种神功，成为神秘的逍遥派掌门。又遇灵鹫宫宫主天山童姥，二人到西夏国的冰窖中躲避仇人，历经磨难后，成为灵鹫宫宫主，掌管仙剑门派。在冰窖的三个月里，他被天山童姥设计，与西夏国公主结成夫妇，因此虚竹认为这茹毛饮血、暗无天日的冰窖却是极乐世界，有仙人之福，符合词牌本意。全词如下："输赢成败，又争由人算。且自逍遥没谁管。奈天昏地暗，斗转星移，风骤紧，缥缈峰头云乱。　　红颜弹指老，刹那芳华，梦里真真语真幻。同一笑，到头万事俱空。糊涂醉，情长计短，解不了，名缰系嗔贪。却试问，几时把痴心断。"

第五册用《水龙吟》，这个词调气势雄浑，适用于抒写激奋情思。本册主要写萧峰的命运，众人的结局，英雄的归路，特别是萧峰已死，阿紫抱着他的尸身，这种情状惨烈异常，令人扼腕。当段誉看着乡下七八个小孩子直呼坐在土坟上的慕容复"万岁"时，不禁感叹慕容复神志迷于富贵梦的悲哀，而王语嫣与阿紫又为心中所爱慕之人憔悴落魄，段誉顿时觉得各人有各人的缘法，读者终于也明白人世间的"王霸雄图、血海深仇"，最终都"尽归尘土"的哲理。全词如下："燕云十八飞骑，奔腾如虎风烟举。老魔小丑，岂堪一击，胜之不武。王霸雄图，血海深仇，尽归尘土。念枉求美眷，良缘安在。枯井底，污泥处。　　酒罢问君三语：为谁开，茶花满路。王孙落魄，怎生消得，杨枝玉露。

敝屣荣华，浮云生死，此身何惧。教单于折箭，六军辟易，奋英
雄怒。"尽管"浮云生死"，但是却使人似乎看到了辛弃疾《水龙
吟·登建康赏心亭》那种"倩何人唤取，红巾翠袖，揾英雄泪"
的悲慨，不禁感叹"此身何惧"！

　　各册回目词的感情回转随着小说情节的发展而递进，这是非
常有意思的。虽然金庸自己在作词这件事上是谦虚的，但不影响
他这种做法的独创性意义。他在《天龙八部·后记》中谈道：
"曾学柏梁台体而写了四十句古体诗，作为《倚天屠龙记》的回
目，在本书则学填了五首词作回目。作诗填词我是完全不会的，
但中国传统小说而没有诗词，终究不像样。这些回目的诗词只是
装饰而已，艺术价值相等于封面上的题签——初学者全无功力的
习作。"意思是说在《倚天屠龙记》已经尝试用诗词作回目了，
用的是柏梁台体诗（又称柏梁体、柏梁台诗。据说汉武帝筑柏梁
台，与群臣联句赋诗，句句用韵，所以这种诗称为柏梁体），这
回尝试的是词，原因就是：写传统小说，不能没有诗词，没有诗
词，就不像样了。他的《鹿鼎记》在《明报》发表时，"第一回
称为'楔子'，回目是查慎行的一句诗'如此冰霜如此路'"，后
来全书"五十回的回目都是集查慎行诗中的对句"。金庸说：
"《敬业堂诗集》篇什虽富，要选五十联七言句来标题每一回故事
内容，倒也不大容易。"查慎行是作者远祖，金庸认为这是"有
替自己祖先的诗句宣扬一下的私意"，这些私意暂且不论，但他
以诗词之句作为小说的回目，纯属独创，正是"有诗为证"在当

代文学创作的运用，也是当代小说家创造性地运用"有诗为证"这一传统手法进行文学创作的成功范例。

这里也见金庸先生对古代小说诗词持正面肯定的态度。他称《天龙八部》中的词为"初学者全无力的习作"，一定是谦虚了。从阅读者的感受来看，这些词气韵连贯，有古气，且十分切合小说情节的发展。李小龙在《中国古典小说回目研究》（北京大学出版社2012年版）一书中指出，这几首词的质量是不错的："俊爽流宕、气象阔大，实非一般作手所能及。而且，每册所选之词牌亦有深意。""深意"二字最能说明这些词调及词句对小说创作的意义，具体的论述可见前文的介绍。而这三部作品的"回目都试验了新的形式，其自铸新辞、别开生面的精神是值得称道的"。

当然，《天龙八部》除了回目之外，小说正文也引入了一些非常有意思的诗歌。如第十一回《向来痴》写一直生活在"南蛮之地"的段誉，到了东南，被温柔的歌声吸引的场景：

> 只听得欸乃声响，湖面绿波上飘来一叶小舟，一个绿衫少女手执双桨，缓缓划水而来，口中唱着小曲，听那曲子是："菡萏香连十顷陂，小姑贪戏采莲迟。晚来弄水船头滩，笑脱红裙裹鸭儿。"歌声娇柔无邪，欢悦动心。段誉在大理时诵读前人诗词文章，于江南风物早就深为倾倒，此刻一听此曲，不由得心魂俱醉。

江南女儿采莲唱曲图（蒙小玉）

　　段誉是大理人，有诗人气质的他顿时被迥异的江南风物倾倒，观察视角有新奇点，本就动人心思，再听那"娇柔无邪"的江南歌声，当然会"心魂俱醉"。金庸是浙江人士，对采莲女采莲时唱采莲歌的风土人情一定了然于胸，因此能如此生动真切地多次描写了这样的场景，如二十一回《千里茫茫若梦》写赵钱孙与谭婆当年定情时唱的"当年郎从桥上过，妹在桥畔洗衣衫……"也是江南情曲，何况还有南朝民歌《西洲曲》魅力的浸染，能写这样的场景也是正常的。段誉虽然是大理人，但从小就学四书五经与诗词歌赋，他与神仙姐姐王语嫣谈论慕容公子的时候，还提到"子夜歌、会真诗"，可见他对各朝民歌也是非常熟悉的，他的父亲段正淳也会作"含羞倚醉不成歌，纤手掩香罗。偎花映烛，偷传深意，酒思入横波。看朱成碧心迷乱，翻脉脉，

敛双蛾。相见时稀隔别多。又春尽，奈愁何"这样具有南唐风格
的词作送给情人，可见他的诗词家风与修养，这点非常有利于塑
造段誉的儒雅性格和多情种子的角色，也有利于小说描摹江南风
光。与大理风光相对，后来还有情节写段誉游历至北方时听到的
"是辽歌，歌声曼长，豪壮粗野"，萧峰也听人唱过"亡我祁连
山，使我六畜不蕃息。亡我焉支山，使我妇女无颜色"这样的匈
奴人的歌。小说通过江南曲子与辽歌的对照，以移步换景的手
法，描写了段誉游历所到之地的地理风光本色及其差异。

（六）引歌谣创作趣味多

金庸小说中除了以伤感的诗词作为统摄全书的情感基调之
外，也有一些令人发笑的童谣段子，特别是刻画逗乐式人物如周
伯通与傻姑时，这些童谣儿歌就成了必备笑料，亦可以看到金庸
是运用古代诗词的多面手。

金庸善于利用童谣来塑造人物性格，而且常制造反差很大的
喜剧效果，如《天龙八部》里的四大恶人之一叶二娘，嘴里唱的
竟然是充满爱的童谣：

叶二娘拍着他哄道："乖孩子，我是你妈妈。"那小儿越
哭越响，叫道："我要妈妈，我要妈妈，你不是我妈妈。"叶
二娘轻轻摇晃他身子，唱起儿歌来："摇摇摇，摇到外婆桥，

外婆叫我好宝宝……"那小儿仍是哭叫不休。(第四回 崖高人远)

一个抢掠、劫杀婴幼儿的恶人,手里竟然做着哄孩子的温柔动作"轻轻摇晃",嘴唱的是充满温情的歌谣"摇到外婆桥"。即使这样,也无法掩盖叶二娘的罪恶。小说写到后来,发现金庸讲述的并不是四大恶人此刻之恶,而是揭示四大恶人之所以恶的根源与痛苦的原罪。小说详细揭示了四大恶人变恶的过程及其行为扭曲的痛苦经历。如叶二娘即是因为失去襁褓中的孩子之后,遍寻不着,心情郁结,性情大变,心理畸形,人格分裂。一方面她希望寻找到自己的孩子,一方面妒忌他人的孩子,爱与妒之间,有抢掠,也有温柔,矛盾、复杂与变形扭曲,这也是为什么叶二

叶二娘抱婴儿图
(蒙小玉)

娘会在打斗中经常神经质地哭喊"我的儿啊""我的心肝啊",因为这是金庸塑造叶二娘形象的高明之处。这个哄孩子与唱童谣的情节,正是作者埋下的伏笔,随着故事的演进,叶二娘的身世一一呈现,估计也引起了读者的同情与谅解。

这是金庸以童谣塑造人物形象的一种手法,其他小说也有这

种尝试。如《神雕侠侣》周伯通在打倒对手之后"拍手唱道：'小宝宝，滚元宝，跌得重，长得高！'"（第十六回），一个白发老头"唱的是首儿歌，那是当小孩跌跤之时，大人唱来安慰他的"，这首童谣，一是可以突出周伯通的老顽童性情，二是可以讽刺那些武士的武功之差。且这首童谣的"滚元宝"非常切合当时武士们摔倒的场景，"跌得重，长得高"用"跌"与"长"两个连续性动词将"重"与"高"关联起来，非常富于童趣，调节了气氛，舒缓了节奏。又如《神雕侠侣》第十五回讲述东邪门人即将迎接大敌赤练仙子李莫愁时，严阵以待，正在生死一线间，书中这样写道：

> 那赤练仙子只待三人同时掉泪，拂尘挥处，就要将他们一齐震死。正当歌声凄婉惨厉之极的当口，突听茅屋外一人哈哈大笑，拍手踏歌而来。歌声是女子口音，听来年纪已自不轻，但唱的却是天真烂漫的儿歌："摇摇摇，摇到外婆桥，外婆叫我好宝宝，糖一包，果一包，吃了还要拿一包。"歌声中充满着欢乐，李莫愁的悲切之音登时受扰。……这蓬头女子正是曲傻姑。她其实比程英低了一辈，年纪却大得多，因此程英便叫她师姊。只听她拍手嬉笑，高唱儿歌，什么"天上一颗星，地下骨零丁"，什么"宝塔尖，冲破天"，一首首的唱了出来，有时歌词记错了，便东拉两扯的混在一起。李莫愁欲以悲苦之音相制，岂知傻姑浑浑噩噩，向来并

没什么愁苦烦恼，须知情由心生，心中既一片混沌，外感再
强，也不能无中生有，诱发激生；而李莫愁的悲音给她乱七
八糟的儿歌一冲，反而连杨过等也制不住了。

武侠小说以音乐作为攻击、战斗手段的情节非常多，这一回
写的是李莫愁与程英等人对峙，李莫愁以愁苦的歌声威逼三人情
志，使三人几乎失去对抗能力。正在这千钧一发的时刻，作者插
入了这一神来之笔：傻姑唱了几首童谣，"摇到外婆桥"具有连
续的故事性，动作与行为是顺承、连贯的，"天上一颗星，地下
骨零丁"有对称意味，"宝塔尖，冲破天"有动感效果，还唱错
了词，东拉西扯混在一起，严重地干扰了李莫愁的感染力，使她
武功的威力大减。在这里，傻姑的童稚正好解去李莫愁的凌厉，
二人的形象形成鲜明的对照，无论是武功的对比还是性情的反
差，均富于喜剧效果。而且还阐释一个武学原理：无中生有、以
无形驭有形、以浑浑噩噩制愁苦，正是必胜法宝。李莫愁情由心
生，过于执着，反是心中一片茫然黑漆，倒不如傻姑心中混沌，
却是一片空明，以空明制黑漆，不攻自破。因此，下一情节就是
李莫愁更加气急败坏，要将傻姑置于死地。以上是作者为了突出
两个次要的喜剧人物——老顽童与傻姑的性格而引入了反差较大
的童谣，而《鹿鼎记》则是为了突出金庸武侠小说里唯一一个作
为主角的喜剧性人物韦小宝，引入了不少童谣。小说写韦小宝欲
解开沐府小郡主的穴道，可是他既没有内力，也没有解穴的办

法，拍打、抓、扭等方法都已经试过，可是一点也不奏效，无计可施，只得恶作剧，改作弹，书中这样写道：

> 当下弯起中指，用拇指扳住，用力弹出，弹在小郡主腋下，说道："这是弹棉花。"唱起儿歌："拍拍拍，弹棉花。棉花臭，炒黑豆。黑豆焦，拌胡椒。胡椒辣，起宝塔。宝塔尖，冲破天。天落雨，地滑塌，滑倒你沐家木头木脑、狗头狗脑，十八代祖宗的老阿太！"他说一句，弹一下，连弹了十几下，说到一个"太"字时，小郡主突然"噢"的一声，哭了出来。（第十回《尽有狂言容数子 每从高会厕诸公》）

这样的歌谣非常符合韦小宝的搞笑风格，韦小宝是"坏人"，其"品德与一般的价值观念太过违反"。韦小宝以搞笑的风格出现，语言思想都是恶俗的，如他对陈圆圆的调侃是："别的不说，单是听她弹起琵琶，唱唱圆圆曲、方方歌，当真非同小可。丈母娘通吃是不能吃的，不过'女婿看丈母，馋涎吞落肚'，那总可以罢？""圆圆曲"与"方方歌"对称，亏他能想出来，这比那规矩的语言有趣多了。他听杜牧、秦少游的曲子就觉得无味，昏昏欲睡，以他的趣味，当然要听的是《十八摸》那样的极淫秽的曲子，书中写道："那《十八摸》是极淫秽的小调，连摸女子身上十八处所在，每一摸有一样比喻形容。众官虽然人人都曾听过，但在这盛宴雅集的所在，怎能公然提到？那岂不是大玷官箴？那歌妓的琵琶和歌喉，在扬州久负盛名，不但善于唱诗，而且自己也会作诗，名动公卿，扬州的富商巨贾等闲要见她一面也不可得。"至少韦小宝是直率的，不像那些官员，道貌岸然，表里不一，人人听过，可是在盛宴雅集上却不敢公开想法，认为是"大玷官箴"，可是暗地里听，又何尝不玷呢？可见小说充满讽刺的味道。

金庸小说还引用了很多民歌来描写男女，以表情意，如前说过的江南民歌。还有回族民歌，如《书剑恩仇录》写陈家洛到了维地之后，无意间看到了正在洗澡的香香公主，她唱了两首民歌："过路的大哥你回来，我有话儿要跟你谈，人家洗澡你来偷看，我问你哟，这样的大胆该不该""过路的大哥哪里来？你过了多少沙漠多少山？你是大草原上牧牛羊？还是赶了驼马做买卖"，陈家洛和霍青桐还听到回族人为香香公主唱的"悼歌"，非常哀切。《笑傲江湖》也引入了《有所思》这样的"汉时古曲"，还有"福建山歌的曲调"。《雪山飞狐》中胡斐与苗若兰唱吟的是"一曲《善哉行》，那是古时宴会中主客赠答的歌辞"，王铁匠"放开嗓子，唱起洞庭湖边的情歌来。只听他唱道：'小妹子待情郎——恩情深，你莫负了妹子——一段情，你见了她面时——要待她好，你不见她面时——天天要十七八遍挂在心！'他的嗓子有些嘶哑，但静夜中听着这曲情歌，自有一股荡人心魄的缠绵味道。"《碧血剑》里有古代小说常用的预言型民间歌谣如"吃他娘，穿他娘，开了大门迎闯王。闯王来时不纳粮""朝求升，幕求合，近来贫汉难求活。早早开门拜闯王，管教大家都欢悦"这样"造反的歌"。

金庸小说里用童谣民歌的情节也是匪夷所思，如《天龙八部》写丐帮长老发动进攻时的号令，竟是讨饭调"南面弟兄来讨饭哟，啊哟哎唷哟……"

金庸对我国历朝历代及各地风土民歌均有关注，如他曾经到过湘西两年，"听他们你歌我和地唱着，我就用铅笔一首首地记录下来，一共记了厚厚的三大册，总数有一千余首"。所以有人说："《连城诀》里狄云所唱的山歌，不知是从这三大册一千余首里选出的呢，还是金庸的代拟之作，抑或兼而有之？"在熟悉、抄记了一千余首的情况下，要选、要代拟，似乎均不成问题了，古人不是说了嘛，"熟读唐诗三百首，不会作诗也会吟"，以金庸才情，这些都不在话下。

可以说，中国古代相当大部分小说号称通俗，实际上却与高雅的诗词有着不可分割的关系。当诗词不再独踞文坛时，想要在普通百姓心口中传扬，很多时候得依赖于小说这一载体。或者说诗词已经不占据主流文坛的时候，还能以其他的媒介保存下来，继续发挥它的审美功能。这就是中国古代各文体之间互相渗透、互相依存、相辅相成、相得益彰的表现。

参考文献

1. 《古本小说丛刊》，北京：中华书局 1987—1991 年版。

2. 《古本小说集成》，上海：上海古籍出版社 1991—1995 年版。

3. 《中国话本大系》，南京：江苏古籍出版社 1990—1994 年版。

4. 《中国古代珍稀本小说》，沈阳：春风文艺出版社 1994 年版。

5. 《明清善本小说丛刊初编》，台北：天一出版社 1985 年版。

6. 罗烨：《醉翁谈录》，北京：古典文学出版社 1957 年版。

7. 胡士莹：《话本小说概论》，北京：中华书局 1982 年版。

8. 蔡镇楚：《中国诗话史》，长沙：湖南文艺出版社 1988 年版。

9. 林辰、钟离叔：《古代小说与诗词》，沈阳：辽宁教育出版社 1992 年版。

10. 石昌渝：《中国小说源流论》，北京：生活·读书·新知三联书店 2015 年版。

11. 汪景涛、王决、曾惠杰：《中国评书艺术论》，北京：经济日报出版社 1997 年版。

12. 鲁迅：《中国小说史略》，上海：上海古籍出版社 1998 年版。

13. 程毅中：《宋元小说家话本集》，济南：齐鲁书社 2000 年版。

14. 陈平原：《中国小说叙事模式的转变》，北京：北京大学出版社 2003 年版。

15. 崔际银：《诗与唐人小说》，天津：天津古籍出版社 2004 年版。

16. 牛贵琥：《古代小说与诗词》，太原：山西人民出版社 2005 年版。

17. 程国赋：《三言二拍传播研究》，北京：中国社会科学出版社 2006 年版。

18. 邱昌员：《诗与唐代文言小说研究》，北京：中国社会科学出版社 2008 年版。

19. 吴怀东：《唐诗与传奇的生成》，合肥：安徽大学出版社 2008 年版。

20. 李小龙：《中国古典小说回目研究》，北京：北京大学出版社 2012 年版。

21. 梁冬丽：《话本小说与诗词关系研究》，北京：中国社会科学出版社 2013 年版。

    22. 霍仙梅：《源与缘——浅析琼瑶小说对古典诗词的借鉴和运用》，《名作欣赏》2010 年第 24 期。

延展阅读书目

1. 蔡义江：《红楼梦诗词曲赋鉴赏》（修订重排本），北京：中华书局 2004 年版。

2. 郑铁生：《三国演义诗词鉴赏》（修订版），北京：新华出版社 2010 年版。

后 记

笔者就中国古代通俗小说"有诗为证"进行研究，已经完成了两部专著，一部是《话本小说与诗词关系研究》（中国社会科学出版社2013年版），另一部是《通俗小说"有诗为证"的生成及流变》（人民文学出版社2015年版），前者重实证，后者重历史梳理。

2015年1月，到暨南大学做博士后之后，接受了一个新的任务，加入"小说中国"丛书的队伍，做一部通俗的普及读物《古代小说与诗词》。表面上看，这是一个熟题，笔者在博士论文和教育部课题研究的基础上，掌握了较多的材料，似乎较容易完成。可实际上，在写作过程中却出了大问题：思路总是被学术论文的思维所束缚，因此表述与文体风格与原来的设想相违背了，花了更多的时间重写、修改，以符合整套丛书的风格与设想初衷，这比做新题还要困难与困惑。幸好，经与合作导师程国赋老师、同在站的江曙博士进行反复交流与讨论，终于按时完成了任务，感觉总算对得起自己做事的一贯作风：要么不接受任务，一旦接受就要好好地、认真地完成。

经过反复合计，把"有诗为证"的形成过程只作简单的介绍，第一个重点突出的是古代小说作家如何利用诗词进行小说创作，诗词在小说中的功用，当然这些都是案例式的分类介绍。第二个重点是选取一些大家熟悉而又有趣味性的小说运用诗词进行创作的案例进行分析，激活读者的创作思维，提醒读者运用其他文体交叉创作视角的多样化，选取其他材料与文化作品进行融合与创新该如何掌握其度，形成自己真正的作品风格。

原曾计划，要像学术专著那样系统地介绍中国古代小说运用诗词进行创作对他国或当代文学的影响，但当笔者写完之后才发觉这样的收场未免太影响阅读的效果了。于是换了思路重新进行写作：举例与总体介绍相结合。经小范围访谈获知，不少人对金庸武侠小说运用诗词创作的现象还是非常感兴趣的，而笔者正好非常喜欢这类作品，对此现象关注已久，于是对金庸主要小说的诗词运用进行了比较完整的分析，以实例分析代替了理论概括。这样一来，虽然不能周遍与顾全，但更有趣了，可读性增强了，读者的共鸣度也高了，将来运用这种方法进行创新思考的实践也更接近了。

下面介绍一下笔者十年来研究"有诗为证"心得及这本小书的精彩之处。一是古代小说喜欢利用诗词赋来夸张地描写丑男与丑女，其喜剧效果是显然的。如书中举的篇目主要有：《醒世恒言》之《钱秀才错占凤凰俦》、《西湖二集》之《月下老错配本属前缘》、李渔《十二楼》之《拂云楼》、《二刻醒世恒言》下函

第二回《错赤绳月老误姻缘》。用流行语来表达笔者作为普通读者而非专业研究人员阅读到这些诗词时的心情：笑晕在厕所了。这些小说作品除了所引用的诗词有趣之外，整个小说故事也非常有意思，选取材料的技能、塑造人物的手法、创作技巧的选择、喜剧效果或悲剧氛围的营造等都值得大家学习，因此，很有必要多介绍几篇。又如，从本科开始，笔者阅读了"白日见鬼"这则词话之后，深受其思维的刺激，特别是彼时影视界流行穿越题材，在阅读通俗小说的过程中，不禁习惯性地搜索相关的古代小说作品、戏曲作品，以破娱乐界流行的迷信与狂热，说服当时也曾年轻的自己，不要随大流，以显示自己的特立独行。以朱淑真为题材的小说、薛阿丽的故事，还有各种话本小说串合的、看似毫无联系的诗词等现象，都吸引了笔者，使笔者对其产生了非常浓厚的兴趣。长期积累，便可成文，忍不住成文，且拿出来跟各位分享。总之，各章各节均选取了笔者多年来阅读中国古代小说的兴奋点进行分析、介绍、推广，以飨读者。

　　这里可能有人会提出一个疑问：为什么这本小书选取的作品多非名著，并非人人熟知的四大名著或五大奇书进行重点分析呢？笔者是这样想的，经典名著大家都非常熟悉了，而且也有很多诗词赏析、研究专书了，如《红楼梦》《三国演义》《水浒传》《金瓶梅》等都有名家对其进行赏析，还有一定数量的工具书。如果再做这样的工作，就重复了，浪费劳力，且未必能出新意。与其抄补，不如另辟蹊径。况且，其他非名著作品里也有大量诗词作品，均有很多有趣而鲜为人知的精彩片段，这里介绍给大家，希望能扩大各位的视野，提高各位的阅读量，掌握更多内容。

　　本书的小题目，尽量借鉴古代章回小说回目对偶的创作习惯与审美传统，也大致采用对偶的方式撰写，有时候是字词对偶，有时候是意思相对。若是某章下为奇数小节，则有一小节为总领或总结。本书插图，主要是百色学院文学与传媒学院 2016 级学生蒙小玉的习作。蒙小玉读稿后作草图，在笔者指导下作修改、润色，虽尚稚嫩，但这对于汉语言文学专业的学生来说，是个极好的开端。希望她再接再厉，早日成熟。同时在这里表示衷心的感谢。其他插图作者出处另有说明。

　　书稿脱手在即，极为兴奋，因为终于可以有充足的时间和精力全心地投入更新领域的研究了，人生第二阶段的学术生涯终于可以放手了。

2015 年 7 月 1 日

　　校对与版面美化阶段，因先生出国深造与婆婆"放暑假"，笔者只能一边带孩子一边看稿子，效率最高的是他午睡、晚睡未醒之际。感谢他的支持，特别是某天稿子进展缓慢的早上，他手轻脚快地从房间里飘出来，睡眼惺忪地说完"妈妈，你要好好做工哦"，就闪回房间继续沉睡。对于一个未足四岁的孩子，有此行为与语言，是好是歹，暂不论。至少他知道，妈妈每天必须得工作，只有工作顺利才有更多的时间陪伴他，也就慢慢地从抗拒妈妈工作到理解妈妈工作。有时候还邀功："妈妈，今天我没有闹你工作哦，你要表扬我一下！给我打个大大的钩！"妈妈在他额头上用手指"打了个大大的钩"之后，他做出一个得了冠军的"噢耶"的动作，傻兮兮笑嘻嘻地继续去捣弄他的破玩具。有时候抗议也采取了温和的方式："妈妈，你工作还有三分钟，只有三分钟哦，三分钟你就要来陪我。"张开还不利索的三根手指，有时候是四根，急切地看妈妈。而他妈妈选择的当然是三分钟后"停暂"——他说"暂停"时用的是"停暂"，纠正过多次未果。

　　不知道将来他会不会读妈妈的这些书，他知不知道妈妈的这些书都是与他的成长同步。曾与一位比笔者资深的同行讨论了兼顾学术与家庭两方平衡的难题。笔者想说的是，自己还好，二者没有太多的冲突。不惜放弃一些方面，又有先生和家人的大力支持，还获得了孩子的支持，家庭幸福，学术也顺着自己设想的方向前进，勤奋而平静地工作。

　　幸甚至哉！

　　距离截稿日期还剩几天的时候，不幸得了化脓性扁桃体炎，吃不下，睡不香，头还晕。幸好基本工作已经做好，才没有耽误。这亦再次证明了，笔者做事只能依据笨鸟先飞的原则，提早做准备，像老牛拉破车一样坚持，要不然就无法在最后时刻突击、暴发，肯定要死翘翘的！

　　幸甚至哉！

2015 年 7 月 27 日补记